바위나리와 아기별

한국 아동문학 대표작 선집 🦋1

바위나리와 아기별

개정판 1쇄 발행 · 2005년 9월 15일
개정판 4쇄 발행 · 2024년 11월 25일

글쓴이 · 마해송 외   **그린이** · 박제희
편 집 · 박민희   **디자인** · 서경민
펴낸이 · 김표연   **펴낸곳** · (주)상서각

등 록 · 2015년 6월 10일 (제25100-2015-000051호)
주 소 · 경기도 고양시 일산동구 성현로 513번길 34
전 화 · (02) 387-1330
F A X · (02) 356-8828
이메일 · sang53535@naver.com

ISBN 978-89-7431-522-1(74810)
ISBN 978-89-7431-349-9(전12권)

• 잘못된 책은 바꾸어 드립니다.
• 이 책은 사계(史溪) 이재철 박사 회갑기념문집입니다.

바위나리와 아기별

글 | 마해송 외
그림 | 박제희

상서각

차 례

바위나리와 아기별

사슴과 사냥개

마 해 송

- 본명은 상규. 호는 해송(海松). 개성에서 태어나 일본대학 예술과를 졸업하고, 《샛별》에 우리 나라 최초의 창작 동화인 《바위나리와 아기별》을 발표하였으며, 방정환 · 윤극영 등과 함께 〈색동회〉를 조직.
- 자유문학상, 한국문학상 수상.
- 작품으로는 《해송동화집》, 《토끼와 원숭이》, 《떡배 단배》, 《모래알 고금》 외 다수.

바위나리와 아기별

남쪽 나라 따뜻한 나라, 사람 사는 동네도 없고 사람이나 짐승이 지나간 자취도 없는 바닷가에, 끝없이 넓고 넓은 모래 벌판만이 펼쳐져 있었습니다.

아무리 둘러봐도 나무 한 그루 없고, 나무가 없으니 노래를 부르는 새도 한 마리 없고, 흔하디흔한 풀 한 잎도 없었습니다.

희고 흰 모래 벌판과 푸르고 푸른 바닷물만이 한끝에서 한끝까지 펼쳐지고 있었습니다.

가끔 가다 바람이 '쇄아' 하고 불어와서 지나가는 소리와, 바닷물이 '찰싹찰싹' 하고 깃을 치는 소리밖에는 아무 소리도 들려 오지 않았습니다.

그런데 이렇게 쓸쓸하고 고요한 바닷가에 이상하고 놀라운 일이 일어났습니다.

밀물에 밀려서 바닷가에 놓여진 주먹만한 *감장돌 하나를 의지하고 조그만, 그렇지만 어여쁘고 깨끗한 풀 한 잎이 뾰족이 솟아 나왔습니다.

그 풀이 자라 두 잎이 되고 세 잎이 되더니, 가지가 뻗고 가지에는 곱고 고운 빨강꽃이 한 송이 피어났습니다.

또 파랑꽃도 한 송이 피어났습니다.

그 다음은 노랑꽃, 또 그 다음에는 흰꽃, 이렇게 해서 나중에는 오색 영롱하게 여러 가지 꽃이 피어났습니다.

파란 바다와 흰 모래 벌판 사이에 오똑하게 피어난 이 오색꽃은 참으로 무엇하고도 비길 수 없는 아름다운 '바위나리' 라는 꽃이었습니다.

세상에 제일가는
어여쁜 꽃은
그 어느 나라의
무슨 꽃일까.

＊ 감장돌 : 먹이나 석탄과 같은 검은 빛깔을 띠는 돌.

먼 남쪽 바닷가
감장돌 앞에
오색꽃 피어 있는
바위나리지요.

바위나리는 날마다 날마다 이런 노래를 어여쁘게 부르면서 동무
를 불렀습니다.
　그렇지만 바다와 벌판과 바람결밖에 아무것도 없는 이 바닷가
에, 동무가 될 사람이라고는 하나도 없었습니다.
　며칠을 기다리고 기다려도 아무도 보이지 않았습니다.
　바위나리는,
　"아아, 이렇게 어여쁘고 아름다운 나를 귀여워해 줄 사람이 없
　구나!"
하고 훌쩍훌쩍 울기도 했습니다.
　그러다가도 아침이 되어서 해가 동해 바다에 불끈 솟아오르면,
　"옳다, 오늘은 누가 꼭 와 주겠지!"
하고 더 어여쁘게 *단장을 하고 고운 목소리를 뽑아서 노래를 불
렀습니다.
　그렇지만 해가 서해 바다에 슬그머니 져 들어갈 때까지 아무도

✽ 단장 : 얼굴 · 머리 · 옷차림 따위를 곱게 꾸미는 것.

와 주는 사람이 없었습니다.

그러면 바위나리는 눈물이 글썽글썽해지면서,

"아아, 오늘도 아무도 오지 않고 해가 졌구나!"

하고 또 다음 날을 기다리는 것이었습니다.

또 다음 날 아침에 해가 동해 바다에 불끈 솟아오르면,

"옳다, 오늘은 누가 꼭 와 주겠지!"

하고 몇 날 동안을 날마다 날마다 노래를 부르면서 동무가 오기를 기다렸지만, 아무도 바위나리를 찾아와 주지 않았습니다.

바위나리는 소리를 질러 울었습니다.

그런데 이상하게도 이 울음소리가, 밤이면 남쪽 하늘에 맨 먼저 뜨는 아기별의 귀에까지 들려 올라왔습니다.

아기별은 이 울음소리를 듣고 깜짝 놀랐습니다.

"어디서 누가 이렇게 슬프게 울까? 내가 가서 달래 주어야겠다."

하고 별나라의 임금님께 다녀오겠다는 말을 하지도 않고 울음소리가 나는 곳을 찾아 쭈욱 내려왔습니다.

울음소리를 따라 바닷가로 내려온 아기별은, 바위나리가 혼자서 이렇게 울고 있을 줄은 몰랐기 때문에 한참이나 정신 없이 보고만 있었습니다.

그러다가 겨우 바위나리의 뒤로 가까이 가서,

"아니, 왜 울어요?"

하고 어깨를 툭 쳤습니다.

바위나리는 깜짝 놀랐습니다.

돌아다보니까 난데없이 아름다운 별님이 바위나리를 쳐다보며 서 있었습니다.

바위나리는 어떻게 좋은지, 어쩔 줄을 모르고 가로 뛰고 세로 뛰며,

"별님! 별님!"

하고 불러 댔습니다.

잠깐 동안만 달래 주고 돌아가려고 생각했는데, 바위나리의 아름답고 귀여운 모습을 보니까 아기별도 이제는 바위나리와 같이 오래오래 놀고만 싶어졌습니다.

다른 생각은 다 잊어버렸습니다.

아기별과 바위나리는 이야기도 하고 달음질도 하고 노래도 부르

고 숨바꼭질도 하면서, 밤 가는 줄도 모르고 놀았습니다.

그러다가 어느 결에 새벽이 되었습니다.

그제야 아기별은 깜짝 놀라 소리를 쳤습니다.

"큰일났다. 바위나리! 나는 얼른 가야 돼! 오늘 밤에 또 올게.
울지 말고 기다려, 응."

하고 돌아가려 했습니다.

바위나리는 아기별의 옷깃을 꼭 붙들고 울면서 놓지를 않았습
니다.

"그렇지만 나는 얼른 가야만 돼! 좀더 늦으면 하늘 문이 닫혀서
들어갈 수 없어. 내 오늘 밤에 꼭 내려올게."

하고는 스르르 하늘 위로 올라가 버렸습니다.

바위나리는 하는 수 없이 밤이 되기만을 기다렸습니다.

아기별도 어서어서 밤이 되기를 기다렸습니다.

밤이 되자 아기별은 '옳다구나' 하고, 또 임금님께도 누구에게
도 아무 말도 않고, 오고 싶던 바닷가로 또 내려왔습니다.

바위나리와 아기별은 이렇게 해서 밤마다 밤마다 만나서 즐겁게
놀곤 했습니다.

그런데 하루는 어디선지 찬바람이 불어 와서 흰 모래가 날리고
파도가 심하게 치는 바람에, 바위나리는 그만 병이 들었습니다.

시들어 버린 바위나리는 머리를 숙이면서 괴로워했습니다.

이것을 본 아기별은 걱정 걱정하면서 간호를 했습니다.

추위하는 바위나리를 품안에 꼭 안아 따뜻하게도 해 주고, 머리에 손을 얹어 짚어 주기도 하다가, 인제는 훌쩍훌쩍 울기 시작했습니다.

그러니까 바위나리는,

"별님! 어서 가세요. 늦으면 어떡해요. 어서 돌아가세요. 그리고 오늘 밤에도 꼭 와 주세요, 네!"

하고 눈물을 흘렸습니다.

아기별이 언뜻 정신을 차렸을 때는 시간이 어느 새 가까워져 있었습니다.

그렇지만 병든 바위나리를 혼자 두고 차마 그대로 가 버릴 수가 없었습니다.

그래도 바위나리가 또,

"나는 괜찮으니 어서 가세요."

하고 재촉하는 바람에,

"자아, 그럼 내 오늘 밤에 또 올게, 응!"

하고 하늘 문이 닫혔을까 봐 걱정하며, 하늘로 하늘로 아기별은 올라갔습니다. 그러나 이미 시간이 늦어 버렸습니다. 하늘 문이 꼭꼭 닫혀 버린 것입니다.

"아차, 큰일났다!"

아기별은 어쩔 줄을 모르고 허둥지둥하며, 몇 번이나 문지기를 불러 보았으나 아무도 대답하는 이가 없었습니다.

하는 수 없이 뒤로 가서 있는 힘을 다 내서 까아맣게 높은 성을 넘어 들어갔습니다.

그러나 임금님은 벌써, 요새 밤마다 아기별이 어디로 갔다 오는 줄을 다 알고 있었습니다.

큰일났습니다.

아기별은 임금님 앞에 불려 갔습니다.

"나가거라!"

임금님은 큰 눈을 부릅뜨고 이렇게 소리쳤습니다.

아기별은 무서워서 몸을 벌벌 떨며,

"용서해 주십시오. 다시는 밖에 나가지 않겠습니다."

하고 겨우 임금님 앞을 물러나왔으나, 병들어서 혼자 괴로워하고 있을 바위나리의 일을 생각하면 가슴이 아파 잠시도 마음이 편하지 않았습니다.

바위나리는 그 날 밤 늦도록 늦도록 아기별만을 기다렸습니다. 그러나 끝내 아기별은 내려오지 않았습니다.

그 이튿날도 그 이튿날도 기다리는 아기별은 보이지 않았습니다.

바위나리의 병은 점점 더해 갈 뿐이었습니다.

꽃은 시들고 몸은 말라 들었습니다. 간신히 감장돌에 몸을 의지하고 있던 바위나리는, 어디선지 별안간에 불어 오는 모진 바람에 그만 휘익 하고 바다로 날려 들어가고 말았습니다.

바위나리는 *썰물과 함께 바다로 끌려가고 말았습니다.

아기별은 날마다 밤마다 바위나리 생각만 하고 울었습니다.

어떻게든지 한번 바닷가에 가 보고 싶은 마음이 간절했습니다.

소리를 질러 울고 싶었으나 임금님과 여러 별들이 들을까 봐 울 수도 없고, 다만 솟아오르는 눈물만은 어찌할 수 없어 눈에는 눈물이 그칠 사이가 없었습니다.

그렇지만 이렇게 혼자서 눈물을 흘리는 것까지 임금님의 눈에 거슬리고 말았습니다.

하루는 임금님이 아기별 앞으로 오시더니,

"너는 요새 밤마다 울고 있기 때문에 빛이 없다. 빛 없는 별은 쓸데가 없으니 당장 나가거라!"

하고 소리를 벼락같이 지르면서 아기별을 붙들어 하늘 문밖으로 쫓았습니다.

하늘에서 쫓겨난 아기별은 정신을 잃고 한없이 떨어져 내려갔습니다.

그런데 그것은 참 이상한 일이었습니다.

아기별이 풍덩 빠져 들어간 곳은 오색꽃 바위나리가 바람에 날려 들어간 바로 그 바다 위였습니다.

---

* 썰물 : 바닷물이 밀려 나가서 해면이 낮아지는 현상. 또는 그 바닷물.

그 후로 해마다 아름다운 바위나리는 바닷가에 피어 나옵니다.

여러분은 바다를 들여다본 일이 있습니까?

바다는 물이 깊으면 깊을수록 환하게, 맑게 보입니다.

웬일일까요?

그것은 지금도 바다 그 밑에서, 한때 빛을 잃었던 아기별이 다시 빛나고 있는 까닭이랍니다.

사슴과 사냥개

　모두가 모여 앉아 있을 때에는 어머니사슴은 곧잘 이야기를 해 주었다.

　어머니사슴이 신이 나서 재미나게 이야기를 해 줄 때에도 아버지사슴은 끄덕끄덕하면서 이리저리 귀를 곤두세워서 살피고 있었다. 아버지사슴, 어머니사슴, 맏아들사슴, 둘째아들사슴, 딸사슴, 온 집안이 이렇게 모여 앉아 있는 일은 그렇게 쉬운 일이 아니었다.

　세 남매는 날마다 어머니사슴을 따라다녔다.

　어머니사슴도 가끔 가다 몰래 빠지는 일이 있기는 하지만 아버지사슴을 만나기는 아주 어려웠다.

들판이나 숲 속에서 불쑥 만나는 적도 있으나, 말도 안 하고, '잘 있었느냐? 조심해.' 하고 말하듯 눈을 껌벅껌벅하고는 지나가 버렸다. 그러면 어머니사슴도 아버지사슴에게 달려들 듯이 반가 워하다가 그만 주춤하고, 그 사이에 아버지사슴은 또 숲 속으로 들어가서 자취를 감추고, 아들사슴, 딸사슴이 따라갈 수 없는 곳 으로 사라져 버리는 것이었다.

"아버지는 참 *날래다."

"벌써 어디 갔는지 몰라."

"우리들을 지켜 주는 거야."

하고 아들사슴, 딸사슴은 속삭였다.

그런데 오늘은 어떻게 된 일인지 아버지사슴도 널찍이 앉아서 어머니 사슴의 이야기를 들으면서, 아들사슴, 딸사슴의 곁을 떠나 지 않았다.

깊은 숲 속에 해가 뉘엿뉘엿 질 무렵이었다.

까치 짖는 소리보다도 날개 소리가 먼저 나고, 그보다도 아버지 사슴의 귀가 먼저 움직인 것 같았다.

까치보다 아버지사슴의 호령이 앞섰다.

"헤쳐!"

까치는 숨차게 짖었다.

---

* 날래다 : 사람이나 동물이, 또는 그 동작이 나는 듯이 빠르다.

"꼭꼭 숨어라! 꼭꼭 숨어라!"

떡갈나무 가지에 앉아서 짖고 곧 날아갔다. 누런 잎이 우수수 떨어졌다.

저 쪽에서 또 짖는 소리가 들렸다.

그것은 나쁜 일이 있다는 것을 알려 주는 일이었다.

"꼭꼭 숨어라!"

"타앙!"

"탕 타앙!"

총 소리가 나고 그 소리는 온 산과 들에 요란하게 울렸다.

아버지사슴은 벌써 어디론지 사라져 버리고, 어머니사슴은 숲 속 깊은 데서 부르고 있었다.

"마른 풀이 흔들리면 안 돼! 바스락 소리가 나면 안 돼! 가만히 가만히 들어와."

삼 남매의 사슴은 어머니를 따라서 숲 속으로 살금살금 들어갔다.

언제나 가는 숲 속 깊은 곳의 늙은 가시나무 뒷집으로 들어갔다.

숨도 죽이고 밖을 살폈다. 멀리서 또 까치 짖는 소리가 났다.

사냥개가 쏜살같이 지나갔다.

숲이 '솨아' 하고 물결쳤다.

또 사냥개가 지나갔다.

저 쪽에서도 사냥개 뛰어가는 소리가 났다.

휘파람 소리가 나고, 사람들이 수선수선 지나가는 소리가 났다.

"세상의 미운 놈이 저놈의 사냥개야! 무엇 하러 그것들의 *앞잡이 노릇을 하는 거야!"

어머니사슴이 늘 하는 말이었다.

"탕 탕!"

총 소리는 또 들렸다. 휘파람 소리도 들렸다.

새의 노랫소리도 그치고, 세상이 끝난 것처럼 온 천지가 고요하였다.

해는 아주 넘어가고 하루가 으스름히 짙어 갔다. 사냥꾼과 사냥개가 온 들판을 날뛰던 무서운 시간들이 지나갔다.

"가 버렸다! 나오너라! 다 가 버렸다."

"가 버렸다! 나오너라! 다 가 버렸다."

어느 틈에 아버지사슴이 불쑥 나오더니 집 속을 들여다보았다.

그리고 또 어디론지 가 버렸다.

떡갈나무 가지에는 부엉이가 나와 앉아 있었다.

두 눈이 등불과 같이 밝았다.

껌벅껌벅할 때마다 등불이 꺼졌다 켜졌다 하는 것 같았다.

다람쥐가 조르르 나왔다.

고슴도치가 살금살금 나왔다.

토끼가 깡충깡충 뛰어나왔다.

---

* 앞잡이 : 남의 시킴을 받고 끄나풀 노릇을 하는 사람.

그리고 부엉이에게 이렇게 말했다.

"할메, 저기 이상한 게 있어요!"

"이상하긴 뭐가 이상해! 사냥개 말이지! 다 죽어 가는 사냥개 말이지?"

부엉이는 다 알고 있다는 듯이 말했다.

토끼는 놀랐다.

"할메는 다 알고 있구먼! 눈도 좋아. 어쩌면 거기가 다 보일까?"

"참, 토끼 너도 생각이 없는 모양이구나. 거기가 어떻게 보이니? 아까 올 때 보았지!"

부엉이는 점잖게 토끼를 꾸짖어 놓고 물었다.

"그래, 아주 죽었던?"

"아주 죽진 않았어! 그렇지만 좀처럼 맥을 못 쓰던데! 짖지도 못하고."

"주둥아리가 깨어진 모양이지!"

"아유, 가엾어라!"

그 때 어디선가 불쑥 소리가 났다.

"가엾긴 무에 가엾어!"

"가엾긴 무에 가엾어!"

그러자 여기저기서 똑같은 소리가 나왔다.

"가엾긴 무에 가엾어!"
"가엾긴 무에 가엾어!"
꿩, *까투리, 딱따구리, 소쩍새들까지 왕왕 소리를 질러 댔다.
둥근 달이 솟아올라 들판은 낮과 같이 밝았다.
"어디 좀 가 볼까?"

다람쥐가 말했다.

"그래, 가 보자!"

고슴도치가 따라 나섰다.

"네가 앞장서라!"

토끼에게 말했다.

"곰의 굴 앞이야. 나는 무서워!"

곰이 있는 줄 알고 돌아갔다.

"멍텅구리로구나! 곰이 이사 간 지가 언젠데!"

다람쥐가 말했다.

"부엉 할메가 앞장서지!"

"내가 앞장을 서?"

"그깟 놈의 사냥개가 죽으나마나!"

하고 부엉이는 푸르륵 날았다.

부엉이도 궁금했던 모양이었다.

모두들 부엉이의 뒤를 따라갔다.

순종 포인터 '비호'는 그 주인이 기르는 사냥개 중에서도 가장 귀염을 받았다.

큼직한 두 귀가 믿음직하고, 얼굴과 눈이 영특하게 생기고 날쌔어서, 주인은 '나는 호랑이 같다.'는 뜻으로 비호라는 이름을 주었다.

✽ 까투리 : 암꿩.

벽돌로 지은 개 집에 방 하나를 차지하고 살았다.

아침 저녁에는 비스킷과 우유와 고기를 주었다.

먹다 남은 밥을 주는 일은 없었다.

오늘은 비호가 처음으로 사냥을 나온 날이었다.

*동구 앞까지는 자동차를 타고 왔다.

자동차를 내려서 산길로 들어가자 세 패로 갈렸다.

비호는 신이 나서 못 견디었다.

한숨에 십 리쯤은 앞으로 달려가서, 큼직한 놈을 물고 와서 주인에게 드리고 싶었다.

냄새를 맡으며 앞으로 나아갔다.

드디어 꼭꼭 숨어서 숨을 죽이고 있는 꿩의 냄새를 맡았다.

비호는 앞발을 들어서 뒤따라오는 주인에게 알렸다.

주인은 알았다는 고갯짓을 했다.

비호는 쏜살같이 뛰어들어갔다.

꿩은 푸드득 날았다.

"탕!"

잔뜩 겨누고 있던 주인은 거침없이 쏘았다.

"끼르룩! 끼끼!"

꿩은 소리를 지르며 푸르륵푸르륵 떨어져 내려왔다.

채 떨어지기도 전에 비호는 한 길이나 솟아서 덥석 물었다.

☞

* 동구 : 동네 어귀.

비호는 비호같이 뛰었다. 한달음에 돌아왔다.

발이 땅에 닿지 않는 것 같았다.

훨훨 날아온 것 같이 마음이 시원하였다.

주인은 좋아하였다.

한참 동안 머리를 쓰다듬어 주고 큼직한 빵덩어리를 주었다.

비호는 짧은 꼬리를 치고 또 달렸다.

까투리도 물고 왔다. 산비둘기도 잡았다.

그리고 뉘엿뉘엿 해가 질 무렵이 되었다.

"산돼지다!"

주인의 친구가 소리를 질렀다.

"탕!"

"탕! 탕!"

주인도 쏘고 저 쪽에서도 쏘았다.

사냥개들이 모두 뛰어나갔다. 비호도 뛰어나갔다.

그러나 산돼지는 잡히지 않았다.

비호는 다른 개들과 같이 주인의 둘레를 한 바퀴 돌고 다시 뛰어나갔다.

놓친 산돼지를 찾으려고 쏜살같이 달렸다.

숲 속 깊이 파고 들어갔다.

그 속을 뚫고 자꾸자꾸 들어갔다.

얼마든지 들어갈 수 있을 것 같았다.

주인이 부르는 휘파람 소리가 급했다.

가지 않을 수 없었다.

'무엇을 잡았나?'

하고 비호는 되돌아나왔다.

주인은 다른 방향으로 먼 곳에 가 있었다.

아무것도 쏘지 않은 모양이었다.

비호는 주인의 둘레를 멀찍이 한 바퀴 돌고는 다시 뛰었다.

주인은 가지 말라고 불렀다.

그러나 주인이 놓친 산돼지가 아까웠다.

그놈을 꼭 잡아 올 생각으로 뒤도 돌아보지 않고 줄달음질을 쳤
다. 아까 들어갔던 깊은 숲 속을 찾아 들어갔다.

자꾸자꾸 파고들어가 보니, 썩어 빠진 고목나무가 있고 그 뒤로
굴이 있었다.

서슴지 않고 뛰어들어갔다.

굴 속은 그믐밤같이 어두운데 휘엉하니 널찍하게 터져 있었다.

얼마를 헤매고 들어가니, 이제는 주인이 부르는 소리도 들리지
않고 아무 소리도 들리지 않았다.

넓고 깊은 굴 속에는 아무것도 없었다.

어둠이 틔어서 숲이 어렴풋이 보였다. 해는 아주 넘어갔다.

벌써 어디선지 까치 짖는 소리가 났다.

까치 짖는 소리가 *그지없이 미웠다.

'저놈의 까치가 아무래도 내 원수야. 내가 가는 곳마다 앞질러 짖어서 놈들을 다 도망가게 한단 말야!'

비호는 까치가 미웠다.

'저놈을 그저 꽉 물었으면!'

하고 내닫는 순간 '철썩!' 하고 무쇠 닿는 소리와 함께 온몸이 으스러지는 것 같았다.

덫에 앞발을 끼인 것이었다.

"아차!"

비호는 있는 힘을 다해서 소리질렀다.

"으응! 이잉!"

그러나 그것은 소리로 나오지 않고 창자 속으로 스며드는 기막힌 소리가 되었다.

그보다도 까치 짖는 소리만이 귀를 찢는 것 같았다.

"까악, 까악, 끼였다! 멍텅구리 사냥개가 썩은 덫에 끼였다."

✱ 그지없다 : 끝이나 한량이 없다. 끝없다.

비호는 분함과 창피한 마음으로 어쩔 줄을 몰랐다.

"이놈아! 이것으로 내가 죽을 줄 아니? 비호가 덫에 끼이다니
될 말이냐? 안 죽는다! 안 죽는다!"

하고 발버둥을 쳤다.

까치는 산 너머 들 건너 또 산 너머 사냥꾼들이 있는 데를 찾아
가서 짖었다.

"개가 덫에 *찡겼다."

"너희 개가 썩은 덫에 발을 끼였다."

"날 따라오면 길 가르쳐 주지!"

비호의 주인과 친구들은 비호를 부르느라고 휘파람을 불고 있
었다.

여섯 마리 사냥개를 자꾸자꾸 내보내 보아도 비호를 찾지 못하
고 돌아왔다.

총을 쏘아도 비호가 듣지 못하는지 소리가 없었다.

휘파람을 불면서 앞으로 앞으로 나아갔다.

까치가 자꾸 짖는 것이 귀찮았다.

휘파람이 비호에게 들리지 않을 것 같아서 귀찮았다.

까치를 쫓았다.

"이놈아! 시끄러!"

돌멩이를 던졌다.

---

* 찡기다 : 팽팽하게 켕기지 못하고 구겨지거나 쭈글쭈글하게 되다.

"어렵쇼."

까치는 푸르르 날며 짖었다.

"용용 죽겠지! 날 따라오면 길 가르쳐 주지!"

온 들판을 헤매어도 비호는 보이지 않고, 비호의 울음소리도 들리지 않았다.

해는 아주 넘어가고 어두워졌다.

"아아, 비호를 괜히 내보냈어! 누가 물어 갔을까!"

"이젠 더 찾을 도리가 없소!"

"돌아갑시다."

"갑시다."

주인은 발을 구르고 비호를 불렀다. 총을 계속 쏘아 대고 휘파람을 불면서 어정어정 마을로 내려갔다.

비호는 총 소리를 들을 때마다 꿈틀거렸다.

'주인이 부른다! 어서 가야지!'

그렇지만 짖을 수도 없고 몸을 일으킬 수도 없었다.

이러고 있다가는 아주 숨이 넘어갈 것만 같았다.

덫에서 발을 빼려고 있는 힘을 다해서 땅을 박찼다.

덫을 단 채 한 길이나 솟았다가 동댕이치는 바람에 덫은 바위 틈바구니에 끼이고, 비호는 나가떨어졌다.

발끝은 아주 으스러지고, 다리는 부러진 것 같았다.

부엉이가 푸르륵 날아와서 나뭇가지에 앉았다.

딱따구리도 소쩍새도 날아왔다.

다람쥐도 고슴도치도 따라왔다.

토끼도 왔다.

"애고애고, 죽는다. 사냥개가 죽는다!"

"누가 누가 죽였나? 사냥개를 죽였나?"

"미련한 사냥개가 주인한테 잘 보이려다 죽었지!"

"주인은 사냥개를 버리고 갔지!"

나뭇가지와 풀숲에서 이렇게들 지껄였다.

비호는 꿈틀거리지도 않았다.

다람쥐가 날름 비호의 꼬리를 건드려 보았다.

그러나 비호는 꼼짝도 하지 않았다.

고슴도치가 날름 비호의 뒷다리를 건드려 보았다.

역시 꿈틀거리지 않았다.

"아주 갔다."

다람쥐가 말했다.

"아주 갔다."

고슴도치가 말했다.

부엉이는 하품을 하고 말했다.

"꾸르르! 가면 가고 말면 말지!"

딱따구리가 푸드덕 내려와서, 비호의 배 위에 앉으려고 했다.

배가 꿈틀, 딱따구리는 질겁을 했다.

"쩍 썩 쩍, 죽진 않았다."

우수수 숲이 물결치고, 아버지사슴이 나왔다.

달빛에 비친 비호의 꼴을 보고 고개를 갸웃거리다가 아버지사슴은 지나갔다.

소쩍새가 중얼거렸다.

"사슴이 개를 살려 주려나?"

"원수도 구원해 주는 사슴님인가?"

딱따구리가 쩍쩍거렸다.

아버지사슴은 산을 넘어갔다.

깊고 깊은 골짜기를 내려갔다.

약물이 졸졸 샘솟는 이끼 앉은 바위 틈에서 약풀을 따서는 성큼성큼 올라왔다.

산을 넘어 돌아왔다.

딱따구리가 마중을 나왔다.

아버지사슴은 약풀 한 가지를 나누어 주었다.

딱따구리는 그 약풀을 받아 씹으면서 돌아왔다.

소쩍새가 마중을 나왔다.

아버지사슴은 소쩍새에게도 약풀 한 가지를 나누어 주었다.

소쩍새도 그 약풀을 받아 씹으면서 돌아왔다.

딱따구리는 우물우물 씹은 약풀을 비호의 다친 발 위에 발라 주었다.

소쩍새는 우물우물 씹은 약풀을 비호의 부러진 다리 위에 발라 주었다.

사슴은 물고 온 약풀을 비호의 주둥이 주위에 발라 주었다.

그리고 또 어디론지 가 버렸다.

"인제 인제 살아난다!"

"인제 인제 살아난다!"

"다친 데도 감쪽같이!"

"부러진 데도 감쪽같이!"

"인제 인제 살아난다!"

나뭇가지와 풀숲에서 이렇게 주고받고 지껄였다.

비호는 꿈을 꾸고 있었다.

주인이 산돼지를 잡아 오라고 해서 산돼지를 찾으러 깊은 숲 속으로 들어갔다.

산돼지 한 마리가 멀리 보였다.

쏜살같이 뛰어들어가서 덥석 물었다.

분명히 잡았다.

그런데 산돼지는 한 마리가 아니었다.

여기저기서 여남은 마리가 뛰어나와서 한꺼번에 덤벼들었다.

비호는 여기저기를 물어뜯기면서 소리를 질렀다.

"이놈들아! 꿈쩍 마라! 우리 주인이 와서 너희들을 다 죽일 테니!"

"이놈아, 네 주인이 어디 있어? 우리들을 못살게 구는 그것들의 앞잡이를 왜 서는 거야! 못난 놈 같으니."

산돼지가 투덜거렸다.

비호는 울부짖었다.

"주인님, 주인님, 어서 오세요! 산돼지가 나를 잡아먹어요!"

그러나 주인은 보이지 않고 아무 대답도 없었다.

산돼지들은 투덜거렸다.

"같은 개 중에도 아이들을 데리고 노는 개도 있고, 심부름을 하거나 물건을 나르거나 집을 보는 개도 있다더구나! 너는 너는……."

하고 여기저기를 물어뜯었다.

비호는 말도 할 수가 없고, 자꾸자꾸 눈물만 나왔다.

그 때 아름다운 음악 소리가 들리고, 음침한 숲 속이 훤해졌다.

그윽한 향기가 풍겨 왔다.

하늘에서 발가벗은 예쁜 아기가 꽃가지를 들고 훨훨 내려오고 있었다.

비호는 정신없이 쳐다보고 있었다.

발가벗은 예쁜 아기는 훨훨 내려와서, 비호가 누워 있는 곳으로 왔다.

산돼지들은 어느 틈에 모두 없어지고, 예쁜 아기가 비호의 몸을 어루만져 주었다.

비호는 스르르 눈을 감았다. 기분이 좋았다.

아픈 데도 없고 물린 데도 다친 데도 없었다.

스르르 눈을 떴다.

발가벗은 예쁜 아기는 사슴이 되어 있었다.

어진 눈으로 내려다보고 있는 사슴은, 하늘에서 내려온 발가벗은 예쁜 아기같이 거룩하게 보였다.

그리고 꿈을 깨었다.

꿈에 보았던 세상같이 그윽한 향기가 풍기고 아름답게 밝았다.

발과 다리가 시원하게 쑥쑥 쑤셨다.

둥근 달이 둥실 뜬 저 편 언덕 위에 뿔 달린 사슴이 이쪽을 바라보고 있는 것 같았다.

그 앞뜰에 네 마리 사슴이 옹기종기 놀고 있었다.

짐승들의 재재거리는 소리가 들렸다.

부엉이가 나뭇가지 위에서 등불 같은 눈으로 내려다보고 있었다.

딱따구리도 소쩍새도 다람쥐도 내려다보고 있었다.

숲에는 토끼도 있고 고슴도치도 있었다.

그림같이 아름답고 평화스러웠다.

비호는 여느 때 같으면 단숨에 뛰어가서 그것들을 못살게 굴었을 텐데, 지금은 그런 생각이 나지 않았다.

비호는 물끄러미 보고만 있었다.

내가 죽어서 하늘 나라에 와 있는 것이 아닌가 하고 두리번거렸다.

목이 말랐다.

눈앞에 향기롭고 싱싱한 꽃이 있었다.

비호는 그것을 씹었다.

입에 들어가자 크림같이 확 퍼지고, 시원한 물이 자꾸자꾸 나왔다.

시원하고 향기로운 물을 마실 때마다 몸이 거뜬해지고 기운이 나는 것 같았다.

그것을 다 먹으니 스르르 눈이 감기고 잠이 들었다.

얼마를 잤는지 모른다.

새들의 노랫소리에 놀라 깨었다.

동이 트기 시작했다.

"개가 개가 살아난다!"

"개가 개가 살아난다!"

"누가 누가 살려 줬나?"

"사슴님이 살려 줬지!"

"우리들이 살려 줬지!"

나뭇가지와 숲 사이에서 이렇게들 노래를 주고받고 있었다.

비호는 몸이 거뜬했다.

늘어지게 기지개를 켰다. 아무 데도 아프지 않았다.

다리도 발도 아무렇지도 않았다.

"이상한 일이다. 나는 다 죽었었는데……."

비호는 일어섰다.

그리고 걸어 보았다. 아무렇지도 않았다.

한번 껑충 뛰어 보았다. 아무렇지도 않았다.

"정말 사슴이 나를 살려 주었나 보다! 정말 숲 속의 동물들이 나를 살려 주었나 보다!"

비호는 어정어정 걸었다.

"개야, 개야! 잘 가거라! 안녕!"

새들이 노래 불렀다.

멀리서 바라보고 있는 사슴이 어렴풋이 보였다.

비호가 사슴의 두 뿔을 보았을 때는 사슴은 벌써 숲 속 깊이 사라져 버렸다.

까치가 따라와서 나뭇가지에 앉았다.

"개야, 개야! 잘 가거라! 안녕!"

비호는 까치의 소리도 귀찮지 않았다.

까치조차도 반갑고 고마운 것 같았다.

"고맙다. 안녕!"

그리고 어정어정 걸었다.

동구까지 나왔다.

동구 밖에 나오니 큰길이 펼쳐져 있었다.

그 길은 서쪽으로 사십 리나 가야 주인이 사는 마을이 있었다.

비호는 그것을 알면서도 그 쪽으로 갈 생각이 없었다.

어슬렁어슬렁 동쪽으로 갔다.

얼마를 가니 마을이 있었다.

해가 불끈 솟아오르고 이집 저집에서 사람들이 나왔다.

아침밥 먹는 냄새가 구수하게 풍겨 비호도 밥 생각이 났다. 이집 저집을 기웃거렸다.

"쉬! 웬놈의 개야!"

집집에서 내쫓겼다.

물을 홱 끼얹는 사람도 있었다.

어슬렁어슬렁 들어간 집은 마을에서도 가장 큰 기와집이었다.

학생 한 명이 나오다가 비호를 불렀다.

학생은 비호의 머리를 쓰다듬어 주었다.

그리고 안으로 데리고 들어가서는 국에다 밥을 말아 주었다.

비호는 맛있게 먹었다.

문득 비스킷과 우유와 고깃덩어리 생각이 났다.

그러나 국에 만 밥이 더 맛있다고 생각하였다.

학생은 비호가 밥 먹는 것을 보고 있다가 어머니에게 이렇게 말했다.

"엄마! 이 개 잘 보살펴 주세요. 점심도 주고요. 아주 좋은 개예요!"

그리고 학교로 갔다.

비호는 그 집에서 놀았다.

저녁때가 되어서 학생은 뛰어들어왔다.

학생은 비호를 덥석 안아 주었다.

"엄마! 이 개 찾으러 오지 않았어?"

그리고 중얼거렸다.

"아주 좋은 갠데! 주인이 찾으러 오지 않으면 내가 길러야지!"

학생은 헛간에 짚을 깔고 잠자리를 만들어 주었다.

학생은 개를 좋아하는 모양이었다.

어머니는 그저 아들이 하는 행동만 보고 있었다.

그러나 아버지는 개를 좋아하지 않는 모양이었다.

"그건 집에서 길러서 무엇 하니? 개가 아주 세찰 것 같은데!"

학생은 대답했다.

"아주 세찬 개예요. 사냥개예요. 그렇지만 아주 순해요. 집에서 기르면 도둑놈도 지켜 주고, 좋지 않아요?"

"난 싫다. 주인이 나타나지 않으면 누구에게 주려무나……."

학생은 비호의 머리를 쓰다듬으며 중얼거렸다.

"이름이 있을 텐데! 내가 이름을 하나 지어 줄까? 무엇이 좋을까? 베쓰라고 할까? 베쓰, 베쓰! 좋지?"

그래서 비호는 이 집에 들어와서는 베쓰라고 불리게 되었다.

베쓰는 닭이 많이 놀고 있어도 닭을 쫓거나 장난을 치는 일이 없었다.

거지가 밥통을 들고 들어와도 본체만체 짖지 않았다.

어머니는 말했다.

"그놈의 개는 짖을 줄도 모르나?"

며칠이 지난 어느 날 밤, 이 집에 도둑이 들었다.

도둑들은 들어올 때에 베쓰에게 큼직한 고깃덩어리를 던져 주었다.

베쓰는 그것을 먹을 생각도 하지 않고 물끄러미 그들의 얼굴만 쳐다보았다.

그들은 이 집에 자주 드나드는 사람들이었다.

그들은 방으로 들어가서 집 사람들을 모조리 옭아매어 놓고, 한

보따리 둘러메고 나갔다.
　한참 있다가 학생이,
　"베쓰! 베쓰!"
하고 부르는 소리가 났다.
　베쓰는 소리가 나는 앞까지 가 보았다.
　조용했다.
　도로 헛간으로 와서 잤다.
　새벽이 되자 집안이 온통 야단이었다.
　아버지는 베쓰에게 화를 내었다.

"그놈의 개, 도둑 잘 지켜 준다!"

학생도 뛰어나와서 베쓰를 노려보고 소리질렀다.

"베쓰야! 너는 집 지킬 줄도 모르니?"

그리고 베쓰의 배를 때렸다.

학생은 문득 헛간 턱에 떨어진 고깃덩어리를 보았다.

"도둑이 들어올 때 베쓰에게 고깃덩어리를 준 모양이에요. 이것 보세요."

"고깃덩어리 얻어먹고 도둑놈 편이 되었구나! 그깟 놈을 두어서 무얼 해! 내다 버려라!"

어머니도 *역정을 내었다.

"밥이 아깝다. 밥이 아까워!"

드나드는 사람이 많았다.

들어올 때는 베쓰를 보고,

"저런 좋은 개가 있는데……."

하고 칭찬을 했다가도 나갈 때는 으레,

"에잇, 못난 똥개야!"

하고 한 마디씩 욕을 던지고 나갔다.

주인에게 이야기를 듣고 그러는 모양이었다.

아침밥도 주지 않았다.

학생은 학교에 갔다.

---

* 역정내다 : '성내다'의 높임말.

베쓰는 배가 고팠다.

밖으로 나갔다.

동네 사람들은 도둑이 들어와도 베쓰가 짖지도 않고, 도둑질하는 것을 보고도 가만히 있었다는 이야기를 다 들은 모양이었다.

어른이고 아이고 베쓰를 놀려 댔다.

"멍텅구리 사냥개!"

"바보!"

"똥개!"

그리고 막대기로 때리기도 하고 돌을 던지기도 했다.

베쓰는 다시 집으로 왔다.

그러나 집에서는 더 구박을 했다.

"나가! 보기도 싫다!"

아버지가 장작개비를 던졌다.

맞지는 않았다.

베쓰는 다시 집을 나왔다.

동네 사람들의 *돌팔매를 피해서 뛰었다.

한참 동안 뛰어가니, 마을이 끝났다.

시냇물이 흐르고 징검다리가 있었다.

징검다리 위에 서니 새들의 노랫소리가 들려 왔다.

시냇물이 내려오는 골짜기에서 나는 소리였다.

✽ 돌팔매 : 무엇을 맞히려고 멀리 던지는 돌멩이.

베쓰는 우두커니 귀를 기울이고 있었다.

시냇가 모래밭에 가서 앉았다.

눈을 감고 가만히 앉아 있었다.

시냇물을 마셨다.

배가 고팠다.

다시 큰길로 걸어갔다.

아이들이 뛰노는 소리가 요란하게 들렸다.

울타리 안에 학교가 있고, 운동장에서 학생들이 놀고 있었다.

베쓰는 그것을 들여다보고 있었다.

학생이 뛰어나왔다.

"베쓰! 베쓰!"

학생은 베쓰를 안아 주었다.

"쫓겨났구나! 근데 학교를 어떻게 알았어? 나를 찾아왔지!"

그 때 땡땡땡 종소리가 났다. 학생은 베쓰의 얼굴에 뺨을 대고,

"여기 있어! 여기서 기다리고 있어. 응! 응!"

하고 학교로 뛰어갔다.

운동장은 텅 비고 조용해졌다.

베쓰는 울타리 앞을 왔다 갔다 했다.

또 종이 땡땡땡 울리고 와아 아이들이 뛰어나왔다.

학생은 맨 앞서 뛰어나왔다.

베쓰를 보자,

"이리 와, 뛰어!"

하면서 앞서서 뛰어갔다.

베쓰도 뛰어서 따라갔다.

길이 구부러지는 곳에 시장이 있었다.

사람들이 득실득실했다.

학생은 길목에 있는 큰 집으로 들어갔다.

그 집은 *객줏집이었다.

밥을 먹고 있는 사람도 있고, 술을 마시고 있는 사람도 있고, 물건을 팔고 사러 드나드는 사람도 많았다.

학생은 주인에게 가서 이렇게 말했다.

"아저씨!"

주인은 손님과 이야기를 하다가 학생을 보고 반가워했다.

"넌 웬일이냐?"

"아저씨! 이 개 좀 맡아 주세요. 제 개인데요. 울 아버지가 개를 아주 싫어해서 데리고 왔어요. 아저씨 댁에서 길러 주세요. 매일 올게요."

학생은 헐레벌떡거리면서 한숨에 말을 했다.

"그래라. 좋은 개로구나! 물진 않니? 근데 학교는 벌써 파했니?"

---

* 객줏집 : 물건을 위탁받아 팔거나 흥정을 붙여 주며. 또 그 장사치들을 재워 주는 영업을 하는 집.

"아니에요. 곧 가야 해요. 이따 또 올게요. 개는 아주 순해요. 베쓰! 베쓰!"

학생은 베쓰를 부르며 밖으로 뛰어나갔다.

"집에 들어가 있어. 이따 또 올게!"

그리고 학교로 뛰어갔다.

베쓰는 시장 안으로 들어갔다.

물건도 많고 사람도 많았다.

음식점도 많았다.

먹을 것은 얼마든지 있었다.

시장 끝은 언덕이었고, 아래는 강물이 흐르고 있었다.

맑은 물이었다.

물오리도 놀고 있고 빨래하는 사람도 있었다.

강 건너 산에는 나무가 많았다.

울타리 안에 염소가 서너 마리 놀고 있었고 그 주위에는 아이들이 모여 있었다.

아이들은 울타리 사이로 염소에게 종이를 주었다.

염소들은 종이를 잘 먹었다.

닭도 많이 나와서 놀고 있었다.

낙엽이 져서 앙상한 나뭇가지에는 까치가 와서 놀고 새도 많이 있었다.

베쓰는 염소 울타리 곁에 오래오래 앉아 있었다.

그리고 객줏집으로 들어갔다.

학생이 학교에서 돌아왔다.

학생은 베쓰를 쓰다듬어 주고 안으로 들어갔다.

주인은 학생에게 말했다.

"도둑이 들었다더구나. 그런데 저 개가 짖지도 않았다지! 그 개 어디 쓰겠니?"

집에서 소식이 왔는지 아저씨는 벌써 다 알고 있었다.

학생은 슬픈 얼굴빛이 되었다. 그리고 이렇게 말했다.

"아저씨, 이 개는 생각이 있는 개예요."

아저씨는 한바탕 웃었다.

"생각은 무슨 생각이 있겠니? 똥개지……."

"아니에요. *포인터가 틀림없어요. 내쫓지 말고 길러 주세요."

학생은 울상이 되었다.

"걱정 마라. 늦었으니 올라와서 저녁 먹고 가거라."

"아니에요. 곧 가야 해요."

그러면서 학생은 헛간에 가서 짚을 들고 나왔다.

"개집 말이냐? 그런 건 걱정 말아라……."

그래도 학생은 짚을 깔아서 베쓰의 잠자리를 마련해 주었다.

그리고 밖으로 뛰어나가며,

---

* 포인터 : 개의 한 품종으로. 후각이 예민하고 매우 영리하며 속력과 지구력이 있어 사냥개로 쓰임.

"안녕히 주무세요…… . 내일 또 올게요!"

하고 소리질렀다.

베쓰도 쫓아 나갔다.

학생은 뛰었다.

베쓰도 뛰었다.

학교 앞까지 왔다.

아무도 없었다.

학생은 베쓰에게 가라고 했다.

베쓰는 돌아서지 않았다.

학생은 또 뛰었다.

베쓰도 뛰었다.

징검다리에 왔다.

해가 뉘엿뉘엿 넘어가려고 했다.

학생은 베쓰를 껴안고,

"인젠 가, 집으로 가!"

그리고 징검다리를 건너서 뛰어갔다.

베쓰는 학생이 징검다리를 건너서 꾸부러진 길을 돌아서 갈 때까지 바라보고 있었다.

그리고 어슬렁어슬렁 객줏집으로 돌아왔다.

객줏집에서는 베쓰에게 저녁밥을 주었다.

베쓰는 저녁을 먹고 시장 끝 언덕, 염소 있는 울타리로 갔다.

울타리 곁에 앉아 있었다.

울타리 안에서 아이가 나오더니 염소를 몰고 들어갔다.

베쓰는 객줏집으로 돌아와서 잤다.

이튿날 아침, 아침밥도 먹기 전에 학생이 객줏집으로 뛰어들어왔다.

세수를 하고 있던 주인이 놀라서 물으니, 학생은 지나가는 사람의 자전거를 타고 왔다고 했다.

베쓰는 염소 울타리로 뛰어갔다.

학생도 따라갔다.

"야아, 여기 참 좋구나! 염소도 있고……. 우리 베쓰가 좋은 데를 아는구나!"

학생도 좋아했다.

한참 동안 놀다가 학생은 학교로 갔다.

베쓰도 학교 앞까지 갔다.

베쓰는 객줏집에 돌아와서 밥을 먹고, 또 염소 울타리로 갔다.

아이들이 염소에게 종이를 주는 것을 보고 베쓰는 시장 안에 들어가서 종이를 물고 와서 염소에게 주었다.

염소는 그것을 먹었다.

베쓰는 또 시장 안으로 들어가서 종이를 물고 왔다.

하루 종일 염소 울타리 곁에서 놀았다.

저녁때는 또 학생이 왔다.

이렇게 매일같이 지내었다.

하루는 아저씨가 학생에게 이렇게 말했다.

"그놈은 정말 똥개야! 꼴은 잘 생겼는데, 이건 거지가 들어와도 짖지 않고……. 멍텅구리야! 그리고 밥만 먹으면 어디를 싸다니는지 꼬리도 보이지 않다가, 먹을 때가 되면 들어와. 하하, 그놈이 똥개지!"

학생은 또 울상이 되어서 대답하는 것이었다.

"똥개 아니에요. 내 말은 잘 듣는데요."

"그럼 어디 한번 짖어 보라고 해라!"

"짖진 않아요. 순해서 그렇죠. 인제 짖게 되겠죠."

"하하, 인제라니, 죽을 때나 짖을까!"

"그래도 내쫓지는 마세요, 예뻐요."

학생은 베쓰를 얼싸안고 주저앉았다.

그래서 내쫓기지는 않았다.

손님이 많고 바쁠 때에는 베쓰에게 밥을 안 주는 일도 있었다.

그럴 때면 밖에 나가서 어디서든지 먹을 수 있었다.

이 마을에서는 베쓰를 짖지 않는 멍텅구리 똥개라고 취급해 버렸다.

비가 오는 날이면 학생이 오지 않는 날도 있었다.

겨울이 되었다.

눈이 많이 오면 며칠씩 학생이 오지 않는 날도 있었다.

봄이 되었다.

학생은 매일매일 아침 저녁으로 왔다.

학생이 오면 베쓰는 염소 울타리로 학생을 안내했다.

거기서 베쓰는 조용히 앉아 있는 시간이 많았다.

학생도 그렇게 했다.

물오리 노는 것과 건너편에 있는 산이 푸르게 변해 가는 것을 보면서 새의 노랫소리를 듣고 있으면 마음이 시원해졌다.

잔디 위에 누워서 오락가락하는 구름을 쳐다보고 있기도 했다.

베쓰는 언제나 그렇게 조용히 앉아 있기를 좋아하였다.

건너편 산을 바라보는 것 같기도 하고, 어쩌면 하늘 위와 이야기라도 하는 것 같기도 했다.

그럴 때의 베쓰의 얼굴을 물끄러미 바라다보고 있으면 그지없이 아름답고 거룩하게까지 보였다.

이렇게 봄 한 철을 지냈다.

하루는 염소 울타리에서 어른 몇 사람이 염소 한 마리를 몰고 나와서 언덕을 내려갔다.

해질 무렵이었다.

약으로 쓰려고 염소를 죽이러 가는 것이었다.

울타리 밖에 있던 베쓰는 그것을 바라보고 있었다.

어른들은 따라 내려가는 아이들을 못 내려가게 하고, 개도 쫓아 버렸다.

아이들은 그래도 따라 내려갔다.

베쓰는 언덕 위에서 내려다보고 있었다.

염소 우는 소리가 들릴 때마다 베쓰는 귀가 삐죽삐죽했다.

염소 우는 소리는 강 건너 산에 메아리쳐 더욱 구슬프게 울려 왔다.

언덕 위에서 강가까지 구경꾼이 많이 모였다.

염소는 자꾸 울었다.

염소를 잡고 있는 어른은 강으로 염소를 끌고 들어가려고 하고, 염소는 강물에 들어가지 않으려고 악을 쓰고 숨넘어갈 듯이 울었다.

"엠메 엠메 엠메 멜……."

그 때였다.

난데없이 큰 소리가 언덕 위에서 났다.

건너편 산이 무너지는 것 같은 소리였다.

"어홍, 멍 머엉 멍……."

사람들은 모두 언덕 위를 쳐다보았다.

"베쓰다……, 베쓰다……."

✱ 지우개 : 지우개임.

"똥개가 짖었다⋯⋯."

베쓰는 비호같이 언덕을 내달리고 있었다.

"저것 봐⋯⋯."

"저것 봐⋯⋯, 똥개가⋯⋯."

사람들은 모두 피했다.

베쓰는 쏜살같이 내려가더니, 염소의 목을 물에 잠그고 있는 어른의 팔꿈치를 칵 물었다.

'멍!' 하고 짖는 소리가 산에 울렸다.

"킥!"

어른은 놀라서 거꾸러질 뻔하다가 베쓰를 보자,

"이놈의 똥개가 미쳤나!"

한 마디 하고서는, 염소의 두 뿔을 잡은 채 한 손으로 허리끈에 차고 있던 담뱃대를 뽑아서 베쓰의 머리를 내려쳤다.

"깽!"

담뱃대는 우지끈 부러지고 대통은 베쓰의 숨골을 정통으로 맞혔다.

'깽' 소리와 함께 피가 솟았다.

그러나 어른의 팔꿈치를 놓지는 않았다.

그 팔꿈치를 문 채 베쓰는 축 늘어졌다.

염소도 물 속에서 숨이 막혀서 이제는 울지 않았다.

숨을 죽이고 바라보고 있던 구경꾼들은 한숨을 쉬고 수선거렸다.

"그놈, 짖는 소리가 요란했지!"

"아직도 귀가 울린다."

"똥개가 미쳤어!"

"아냐, 염소가 가엾어서 그런 거야!"

"저 울타리에서 하루 종일 염소들하고만 놀았으니까 정이 들어서 그런 거야!"

"염소가 슬프게 우니까 못 견디게 괴로웠던 거야."

구경꾼들은 이런 말을 주고받고 있었다.

이 소문은 시장 안으로 퍼지고, 마침내는 객줏집으로 들어갔다.

객줏집 주인이 놀랐다.

학생이 알면 얼마나 슬퍼할까 하고 걱정하는 것이었다. 학생이 뛰어들어왔다. 학교에서 오는 길이었다.

"베쓰! 베쓰!"

주인은 신을 신고 내려와서 학생에게 조용히 이야기를 해 주었다. 학생은 마루에 주저앉으며 울부짖었다.

"뭐요! 베쓰가 죽었어요?"

책가방을 내던지고 울상이 되었다.

아저씨는 학생을 위로하려고 이렇게 말했다.

"베쓰는 정말 똥개가 아니었어. 짖는 소리가 호랑이 소리만큼 굉장했다!"

"네? 베쓰가 짖었어요?"

학생은 아저씨를 쳐다보고 물었다.

두 눈이 샛별같이 반짝였다.

"짖고말고! 여기까지 들렸는데……."

그렇게 말을 해 놓고 보니, 정말 아까 개 짖는 소리가 들린 것 같기도 하였다.

"굉장했어!"

학생은 뛰어나갔다.

"같이 가자!"

아저씨도 바삐 나갔다.

아저씨는 학생에게 베쓰의 주검을 보이고 싶지 않았다.

뛰어갔다. 아저씨도 뛰어갔다.

강가에는 아직도 사람이 많았다.

한끝에는 염소가, 한끝에는 베쓰가 나가떨어져 있었다.

학생은 쏜살같이 언덕을 내려가서, 베쓰를 보자 몸을 던져 쓰러지면서 베쓰를 부둥켜안았다.

"베쓰! 왜 죽었어! 왜 죽었어!"

그리고 엉엉 우는 것이었다.

아저씨는 학생을 일으켜서 멀찍이 데리고 갔다.

죽은 베쓰를 저 사람들에게 주면 돈을 받을 수 있을 것이라고 말했다. 학생은 싫다고 했다. 퉁퉁 부은 눈으로 아저씨를 쳐다보면서 말했다.

"베쓰가 가엾어요! 묻어 주어야 해요. 무덤을 만들어 주어야죠."

그래서 아저씨는 베쓰를 팔지 않고 묻어 주기로 했다.

무덤은, 학생이 날마다 베쓰와 같이 놀던 염소 울타리 곁 잔디밭으로 정했다.

아저씨는 사람을 시켜 무덤을 파고 죽은 베쓰를 묻어 주었다.

학생은 가까운 잔디밭에 앉아 있었다. 눈물이 쉴새없이 줄줄 흘렀다.

"쏴아……."

바람은 건너편 산 숲에 울렸다. 학생은 베쓰와 같이 날마다 바라보고 지내던 건너편 산을 바라보았다. 어둠이 짙어 갔다.

하늘을 쳐다보았다. 맑게 갠 하늘에 한 올의 구름이 위로 위로 뻗치고, 저녁 노을이 붉게 타고 있었다.

"쏴아……."

학생은 문득 베쓰가 바람을 타고 하늘로 올라가는 것만 같았다.

이 곳을 지나가는 사람은 조그만 무덤 앞에 말뚝 한 개를 볼 수 있었다.

그 말뚝에는 학생의 서투른 글씨로 이렇게 쓰여 있었다.

'내 동무, 베쓰의 무덤.'

만년 셔츠

방 정 환

- 호는 소파(小波). 서울에서 태어났으며, 우리 나라 최초의 어린이 잡지인 《어린이》를 창간하였고, 최초의 아동문화운동 단체인 〈색동회〉를 조직.
- 작품으로는 《사랑의 선물》, 《칠칠단의 비밀》, 《동생을 찾으러》, 《소파 방정환 아동문학전집》 외 다수.

만년 셔츠

동물 시간이었다.

"이 없는 동물이 무엇인지 아는가?"

선생님이 두 번씩 *거푸 물어도 손드는 학생이 없더니, 별안간 소리를 지르며 기운 좋게 손을 든 학생이 있었다.

"음, 창남인가. 어디 말해 봐아."

"이 없는 동물은 늙은 영감입니다."

"예에끼!"

하고 선생님은 소리를 질렀다. 온 학생이 깔깔거리고 웃어도, 창

---

* 거푸 : 잇달아 거듭.

남이는 태평으로 자리에 앉았다.

도덕 시간이었다.

"성냥 한 개비의 불이 잘못하여 한 동네 삼십 집이나 불에 타 버렸으니, 성냥 한 개비라도 무섭게 알고 주의해야 하느니라."

하고 열심히 설명해 준 선생님이 채 교실 문 밖도 나가기 전에,

"한 방울씩 떨어진 빗물이 모여서 큰 홍수가 되는 것이니, 누구든지 콧물 한 방울이라도 무섭게 알고 주의해 흘려야 하느니라."

하고 크게 소리친 학생이 있었다. 선생님은 그것을 듣고 터져 나오는 웃음을 억지로 참고 돌아서서,

"그게 누구야? 아마 창남이가 또 그랬겠지?"

하고 억지로 눈을 크게 떴다. 모든 학생들은 킬킬거리고 웃다가 조용해졌다.

"예, 선생님이 안 계신 줄 알고 제가 그랬습니다. 이 다음엔 안 그러지요."

하고 병정같이 벌떡 일어서서 말한 것은 창남이었다. 억지로 골낸 얼굴을 지은 선생님은 기어이 다시 웃고 말았다. 아무 말 없이 빙그레 웃고는 그냥 나가 버렸다.

"아하하하하……."

학생들은 일시에 손뼉을 치면서 웃어 댔다.

××고등 학교 1학년 을반 창남이는 반 중에 제일 인기 좋은 쾌활한 소년이었다.

이름이 창남이요, 성이 한 씨라, 비행사 안창남과 같다고 학생들은 모두 그를 보고 '비행사, 비행사' 하고 부르는데, 사실상 그는 비행사같이 시원스럽고 유쾌한 성질을 가진 소년이었다.

모자가 다 해졌어도 새 것을 사 쓰지 않고, 바지 궁둥이가 다 해져서 조각을 붙이고 다니는 것으로 보면 집안이 어려운 것도 같지만, 그렇다고 단 한 번이라도 근심하는 빛이 있거나 남의 것을 부러워하는 눈치도 없었다.

걱정이 있어 얼굴을 찡그리는 사람들을 보면 우스운 말을 잘 지어 내고, 동무들에게 곤란한 일이 있을 때에는 좋은 의견을 잘 꺼내 놓아, 비행사의 이름은 더욱 높아졌다.

연설을 잘 하고 토론을 잘 해서, 갑반하고 내기를 할 때에는 언제든지 창남이 혼자 나가 이기는 셈이었다.

그러나 그의 집이 정말 가난한지 넉넉한지 아무도 아는 사람이 없었고, 가끔 그의 뒤를 쫓아가 보려고도 했으나 모두 중간에서 실패를 하고 말았다. 왜냐 하면, 그는 날마다 이십 리 밖에서 학교를 다니기 때문이었다.

그는 가끔 우스운 말을 하여도, 자기 집안일이나 자기 신상에 관한 이야기는 말하는 법이 없었다. 그런 것을 보면 입이 무거운 편

이었다.

그리고 입과 같이 궁둥이도 무거워서, 철봉틀에서는 잘 넘어가지 못하여 늘 체조 선생님께 흉을 잡혔다. 학교가 파한 후, 학생들이 다 돌아간 다음에도 혼자 남아 있다가 철봉틀에 매달려 연습하고 있는 창남이를 동무들은 가끔 보았다.

"얘, 비행사가 수업을 마친 후에는 혼자 남아서 철봉 연습을 하고 있더라."

"땀을 뻘뻘 흘리면서 혼자 애를 쓰더라."

"그래, 이제는 좀 넘어가던?"

"웬걸, 이백 번이 넘도록 연습을 하고 있었는데 그래도 못 넘어가더라."

"그래, 맨 나중에는 자기가 자기 손으로 누덕누덕 기운 궁둥이를 자꾸 때리면서, 궁둥이가 무거워, 궁둥이가 무거워 하면서 가더라!"

"제가 제 궁둥이를 때려?"

"그러게 괴물이지……."

"아하하하하……."

모두 웃었다. 어느 모로든지 창남이는 이야깃거리가 되는 것이었다.

겨울도 한겨울, 몹시도 추운 날이었다. 손을 입에 대고 호호 부는 이른 아침에 수업을 알리는 종소리가 울리고 공부가 시작되었다. 그런데 한 번도 결석한 일이 없는 창남이가 이 날은 오지 않았다.

"이런 일도 다 있어, 비행사가 결석을 하다니!"

"어제 저녁 그 무서운 바람에 어디로 날아간 게 아닐까?"

"아마 병이 났나 보다. 감기가 들었을 거야."

"이놈아, 능청스럽게 아는 체 마라."

1학년 을반은 창남이 이야기로 수군수군 야단이었다.

첫째 시간이 반이나 넘어갔을 때, 교실 문이 덜컥 열리면서 얼굴이 새빨개진 창남이가 들어섰다.

학생들과 선생님은 반가워하면서 웃었다. 그러다가 그들은 창남이가 신고 있는 구두를 보고 더욱 크게 웃었다. 그의 오른편 구두는 헝겊으로 싸매고, 또 *새끼로 감아 매고, 또 그 위에 손수건으로 싸매고 하여 퉁퉁하기 짝이 없었다.

"한창남, 오늘 웬일로 늦었느냐?"

"예."

하고 창남이는 괴상하고 퉁퉁한 구두를 신고 있는 발을 번쩍 들면서,

"오다가 길에서 구두가 다 떨어져서 너덜거리기에 새끼를 얻어서 고쳐 신었는데, 자꾸자꾸 너덜거리는 바람에 여섯 번이나 제 손으로 고쳐 신고 오느라고 늦었습니다."

---

* 새끼 : 짚 두 가닥을 하나로 꼬아서 길게 이어지게 만든 물건.

그러고도 창남이는 태평이었다. 그 시간이 끝나고 쉬는 동안에, 창남이는 그 구두를 벗어 들고, 다 해져서 너털거리는 구두 주둥이를 손수건으로 얌전스럽게 싸매어 신었다. 그러고도 태평이었다.

날이 따뜻해도 귀찮은 체조 시간인데 오늘은 날씨까지 추워 다들 야단이었다.

"어떻게 이 추운 날 체조를 한담."

"또 그 무섭고 딱딱한 선생님이 웃옷을 벗으라고 하겠지…….
아이구, 아찔해."

원래 직업 군인이었던, 무뚝뚝하고 용서 없는 체조 선생님이 호령을 하다가, 그 괴상스런 창남이의 구두를 보았다.

"한창남! 그 구두를 신고도 활동할 수 있나? 뻔뻔스럽게……."

"예, 얼마든지 할 수 있습니다. 이것 보십시오."

하고 창남이는 시키지도 않은 뜀도 뛰어 보이고, 달음박질도 해 보이고, 제자리걸음도 부지런히 해 보였다. 체조 선생님은 어이가 없다는 듯이,

"음, 여러 번 치료해 신었군!"

하고 말았다. 그리고 다시 호령을 계속하였다.

"전열만 세 걸음 앞으로!"

"전후열 모두 웃옷 벗어!"

죽기보다 싫어도 체조 선생님의 명령이라, 온 반 학생이 일제히 검정 웃옷을 벗어 셔츠만 입은 채로이고 선생님까지 벗었는데, 단 한 사람 창남이만 벗지를 않고 그대로 있었다.

"한창남! 왜 웃옷을 안 벗나?"

창남이는 얼굴을 푹 숙이면서 빨개졌다. 창남이가 이러기는 처음이었다. 한참 동안을 멈칫멈칫하다가 고개를 들고,

"선생님, 만년 셔츠도 좋습니까?"

"뭐, 만년 셔츠? 만년 셔츠가 뭐야?"

"매, 매 맨몸 말씀입니다."

화난 체조 선생님은 당장에 후려갈길 듯이 그의 앞으로 뚜벅뚜벅 걸어가면서,

"벗어라!"

하고 호령하였다. 창남이는 할 수 없이 웃옷을 벗었다. 그는 셔츠도 아무것도 안 입은 벌거숭이 맨몸이었다. 선생님은 깜짝 놀랐고 학생들은 깔깔 웃었다.

"한창남! 왜 셔츠를 안 입었나?"

"없어서 못 입었습니다."

그 때 선생님의 무섭던 눈에 눈물이 돌았다. 그리고 학생들의 웃음도 갑자기 없어졌다.

가난! 아아, 창남이 집이 그토록 가난하였나…… 하고 모두 생

각하였다.

"창남아, 정말 셔츠가 없니?"

눈물을 씻고 선생님이 다정하게 물었다.

"오늘하고 내일만 없습니다. 모레는 인천서 형님이 올라와서 사 줍니다."

"음, 그럼 웃옷을 다시 입어라!"

체조 선생님은 다시 물러서서 큰 소리로 호령했다.

"한창남은 오늘은 웃옷을 입고 해도 용서한다. 그리고 학생 여 러분에게 특별히 할 말이 있으니, 여러분은 다 한창남 군같이 용 감한 사람이 되란 말이다. 누구든지 셔츠가 없으면 추운 것은 둘 째요, 첫째 부끄러워서 결석이 되더라도 학교에 오지 못할 것이 다. 그런데 오늘같이 아주 추운 날 한창남 군은 셔츠 없이 맨몸, 그러니까 그 만년 셔츠로 학교에 왔다. 여기 서 있는 학생들 중 에는 셔츠를 둘씩 포개 입은 사람도 있을 것이요, 재킷에다 외투 까지 입고 온 사람이 있지 않은가. 물론 맨몸으로 나오는 것이 예의는 아니야. 그러나 그 용기와 의기가 좋다. 한창남 군의 의 기는 일등이다. 여러분도 다 그 의기를 배우기 바란다."

만년 셔츠! 비행사란 말도 없어지고 그 날부터 만년 셔츠란 말이 온 학교 안에 퍼져서 창남이는 만년 셔츠라고만 불리게 되었다.

그 다음 날, 만년 셔츠 창남이가 교문 근처까지 오기가 무섭게 온 학교 학생들이 허리가 부러지도록 웃기 시작하였다.

창남이가 오늘은 양복 웃저고리에 바지는 어쩠는지 다 해진 얇은 한복 바지를 입고, 버선도 안 신은 채였다. 그러나 창남이는 태평이었다.

"고아원 학생 같아! 고아원."

"밥 얻어먹으러 다니는 아이 같구나."

하고 떠드는 학생들 틈을 헤치고, 체조 선생님이 '무슨 일인가' 하고 살펴보다가 선생님도 놀랐다.

"너 바지 어쨌니?"

"없어서 못 입고 왔습니다."

"아니, 요번에는 셔츠도 없어서……, 날마다 한 가지씩 없어진단 말이냐?"

"예에, 그렇게 한 가지씩, 두 가지씩 없어집니다."

"어째서?"

"예."

하고 창남이는 침을 삼키더니, 이렇게 말했습니다.

"그저께 저녁에 바람이 몹시 불던 날, 저희 동네에 큰 불이 나서 저희 집도 반이나 넘어 탔어요. 그래서 모두 없어졌습니다."

듣기에 하도 딱해서 모두 혀끝을 찼다.

"그렇지만 바지는 어저께도 입고 있지 않았니? 불은 그저께 나고……."

"다행히 저희 집은 반만 타서 어느 정도 건졌지만, 이웃집 십여 채가 다 타 버려서 동네가 야단들이에요. 저는 어머니하고 단 두 식구만 있는데, 반만이라도 남았으니까 먹고 잘 것은 넉넉해요. 그런데 동네 사람들이 먹지도 못하고 자지도 못하게 되어서 야단들이에요. 그래 저희 어머니께서는, 우리는 먹고 잘 수 있으니까 당장에 입고 있는 옷 한 벌씩만 남기고는 모두 길거리에 떨고 있는 동네 사람들에게 나눠 주라고 하셔서, 어머니 옷, 제 옷을 모두 동네 어른들께 드렸습니다. 그리고 바지는, 저희 집 옆에서 술장사 하던 병든 노인이 계신데, 하도 추워하시길래 보기에 딱해서 어제 저녁에 갖다 드리고 저는 가을에 입던 해진 한복 바지를 꺼내 입었습니다."

모든 학생들은 죽은 듯이 고요하고, 고개들이 말없이 수그러졌다. 선생님도 고개를 숙였다.

"그래, 너는 네가 입을 셔츠와 양말까지도 주었단 말이냐?"

"아니에요, 양말과 셔츠만은 한 벌씩 남겨 두었는데, 어머니가 입었던 옷을 모두 남에게 줘 놓고 추워서 벌벌 떠시길래, 저한테 두 벌 있다고 거짓말을 해서 벗어 드렸습니다. 그리고 발도 시려워하시는 것 같아 제가 신고 있던 양말을 벗어 드렸습니다."

"그러나 네가 거짓말을 하더라도 어머니께서 너의 벌거벗은 가
슴과 양말 신지 않은 네 발을 보시고 아실 것이 아니냐?"

"아아, 선생님……."

창남이는 떨고 있었다.

그리고 그의 수그린 얼굴에서 눈물 방울이 뚝뚝 신발에 떨어졌다.

"저희 어머니는 제가 여덟 살 되던 해에 눈이 멀으셔서 보지를
못하고 사신답니다."

체조 선생님의 얼굴에도 굵다란 눈물이 흘렀다. 와글와글하던
그 많은 학생들도 자는 것같이 고요하고, 훌쩍훌쩍 우는 소리만
여기저기서 들렸다.

왕치와 소새와 개미

채 만 식

- 전북 옥구에서 태어났으며, 《조선문단》 소설 추천으로 문단에 데뷔.
- 작품으로는 《태평천하》, 《탁류》, 《레디메이드 인생》, 《치숙》 외 다수.

왕치와 소새와 개미

왕치(암방아깨비)는 대머리가 훌렁 벗어지고, 소새(물새의 일종)는 주둥이가 뚜우 나오고, 개미는 허리가 잘록 부러졌다. 이 왕치의 대머리와 소새의 주둥이와 개미의 허리는 아주 사연이 깊은 내력이 있다.

옛날 옛적, 개미와 소새와 왕치가 한집에서 살고 있었다.

개미는 지금이나 그 때나 다름없이 부지런하고 일을 잘 했다. 소새도 *소갈머리는 좀 괴팍하여 인정이 없고 *야박스런 면은 있었으나, 원래 재치가 있고 부지런해서 제 앞 하나는 넉넉 꾸려 나가

---

* 소갈머리 : 마음 또는 속에 가진 생각을 얕잡아 이르는 말.
* 야박스럽다 : 태도가 차고 매섭고 인정이 없는 데가 있다.

고도 남았다.

딱한 건 왕치였다.

파리 한 마리 건드릴 능력도 없는 약질이었다. 펀펀 놀고 먹어야
했다. 놀고 먹으면서도 위장은 커서, 먹기는 남 갑절이나 먹었다.

게다가 속이 없고 성질이 불량했다. 그리고 속은 탕탕 비어도 겉
으로는 그렇지 않은 체 *비위가 좋았다.

부모 자식이나 같은 핏줄기 형제라도 미움을 받을 텐데, 아무 관
계도 없는 남남끼리 한집, 한울 안에 모여 살면서 그 모양이니, 왕
치는 매일 눈칫밥을 먹어야 했다. 개미는 그래도 천성이 너그럽고
낙천가가 되어서 별 신경을 쓰지 않았지만, 성미 까다로운 소새는
아주 왕치를 미워했다. 걸핏하면 구박을 하고 눈치를 주었다.

어느 가을이었다.

*백곡이 풍성한 식욕의 가을이었다.

가을도 되고 했으니, 우리 잔치나 한번 차리는 게 어떠냐고, 셋
이 모여 앉은 자리에서 소새가 의견을 꺼냈다.

"거참 좋은 말이야!"

잔치도 잔치지만, 한편으로 저를 곯려 주자는 계획인 줄은 모르
고, 먹을 욕심만 많은 왕치가 냉큼 받아서 찬성을 했다.

잠자코 있었으나 개미도 싫지는 않았다.

사흘 잔치로 정했다. 사흘 동안 계속해서 잔치를 하는데, 하루씩

* 비위가 좋다 : 아니꼽거나 싫은 일을 잘 견디는 힘이 있다.
* 백곡 : 온갖 곡식.

맡아서 차리기로 했다. 첫날은 개미가 잔치를 차리면, 둘째 날은 소새가, 그리고 마지막 날은 왕치가…….

왕치는 그렇게 혼자 차려야 한다고 하자 속으로 몹시도 걱정스러웠으나, 그렇다고 체면에 하지 못하겠다고 할 수도 없는 터라 어물어물 코대답을 해 두었다. 둘이 먼저 차리면 우선은 먹어 놓고 볼 일이라는 *떡심이었다. 아직까지 계속 이렇게 살아왔으니 별로 새삼스러울 것도 없었다.

첫날은 개미가 나섰다.

들로 나갔다.

들에서는 한창 추수하기에 바빴다.

마침 시골 아주머니가 *샛밥을 내느라고 목이 오므라들 정도로 한 광주리 가득 이고, 들 가운데로 지나고 있었다.

좋을시고. 개미는 뽀루루 쫓아가서 가랑이 속으로 기어 올라가서는, 넓적다리를 사정없이 꽉 물어 떼었다.

"아이고머니!"

죽는 소리를 치면서 아주머니는 머리의 밥 광주리를 내동댕이치고는 다리야 날 살려라 하고 도망을 쳤다.

부우연 쌀밥에, 얼큰한 풋김치에, 구수한 된장찌개에, 짭짤한 자반 갈치 토막에, 콜콤한 새우젓에…….

죄다 집으로 날라다 놓고는, 셋이 모여 앉아서 맛있게 잘 먹었

※ 떡심 : 사람의 끈기 있게 질긴 성질을 비유하여 이르는 말.
※ 샛밥 : 농부나 일꾼이 일하면서 끼니 외에 아침과 점심 사이. 점심과 저녁 사이에 먹는 음식. 새참.

다. 보기 드문 큰 잔치였다.

다음 날은 소새가 나섰다.

물가로 갔다.

바닥이 들여다보이게 맑은 물에서 붕어도 뛰고, 가물치도 놀고 있었다. 여느 때와 달라, 소새는 붕어나 가물치 따위는 거들떠보지도 않고 말뚝에 가 오도카니 앉아서 있었다.

이윽고 싯누런 잉어가 한 놈 꿈틀거리면서 물 위로 머리를 솟구쳤다. 잔뜩 겨냥을 하고 노리던 소새는 휘익 날면서 주둥이로 잉어의 눈을 꿰어 들었다. 집으로 돌아오니 개미와 왕치는 손뼉을 치며 맞이했다.

싱싱한 잉어를 앞에 놓고 둘러앉아 먹는 맛은 아주 특별했다.

소새의 차례였던 둘째 날의 잔치도 그래서 풍성하게 지났다.

왕치는 무엇이든 핑계를 대고 *뱃심으로 뭉갤 생각이었으나, 소새의 팽팽한 눈살이 안 될 말이었다. 잘 먹은 죄가 이렇게 큰 거라고 생각하면서 아무 대책도 없이 집을 나섰다.

우선 들로 나가 보았다.

*편한 들에는 벼만 가득히 익고, 농부들이 벼를 거두기에 바빴지, 만만히 건드림직한 거라곤 아무리 봐도 없었다. 그렇다고 벼이삭이나 한 아름 주워 가지고 갈 수는 없고.

막막히 헤매고 다니는데 애꾸눈 엿장수가 엿목판을 두드리면서,

---

* 뱃심 : 염치없이 제 고집대로 욕심만 부리며 버티는 힘.
* 편하다 : 주위가 막힌 데가 없이 너르다.

"엿들 사려! 호두엿 사려!"

하고 멋들어지게 외치고 지나갔다.

덮어놓고 후룩후룩 날아가서, 엿목판 위에 앉았다. 한목판 그득 담긴 엿이 먹음직스러웠다.

이걸 송두리째 집으로 가져만 갔으면 맛있게 먹고, 소새와 개미에게도 한껏 뽐낼 수 있을 텐데 하고 생각하였다. 그러나 무슨 재주로!

어떻게 하면 좋을까 하고, 요리조리 기웃거리며 궁리를 한다는 것이 무심결에 엿장수의 어깨에 가 앉았던 모양이었다.

"이놈, 재수 없네!"

엿장수가 손바닥으로 탁 치는 바람에 하마터면 엿장수의 어깨에서 참혹한 죽음을 당할 뻔하고는 *혼비백산 질겁을 하여 도망쳤다.

들을 지나서 산 밑으로 가 보았다.

꿩도 날고, 토끼도 있었다. 바위 틈바구니엔 벌집도 있고, 그 단 꿀 냄새에 군침이 돌았다. 그러나 모두가 그림 속의 떡이었다.

잔디밭에서 송아지와 암소가 놀고 있었다. 어미는 너무 커서 올라갈 수가 없어 송아지 등에 가 앉아 보았다. 간지럽다고 깡충깡충 뛰었다.

요놈을 어떻게 살살 꾀어서 집으로 끌고 갔으면 좋겠는데, 그게 도무지 도리가 없었다.

---

* 혼비백산 : 몹시 놀라 넋을 잃음.
* 부룩송아지 : 길들지 않은 송아지.

이마로 옮겨 앉아서 털을 물고 진득이 잡아당겼다. *부룩송아지라더니, 머리를 마구 내젓는 통에 왕치는 저만큼 가서 떨어졌다.

이 녀석 어디 보자고 엉덩이에 가 앉아서는,

"이러! 이러!"

하고 근지러 보았다.

그 때 송아지가 꼬리를 홱 치는 바람에 옆구리가 따끔하도록 얻어맞았다.

할 수 없이 물가로 가 보았다.

붕어가 뛰고 메기가 놀고, 역시 그럴듯한 것이 많이 있었으나 잡을 재주가 없었다.

그럭저럭 해는 점심 *새때도 지나 오래지 않아 날이 저물게 되었다. 언제까지나 이렇게 헤매기만 할 수는 없는 일이었다.

답답했다. 앉아서 엉엉 울었다.

그럴 즈음, 어제 소새가 잡아 가지고 온 것과 비슷한 잉어가 한 놈, 싯누런 몸뚱이를 굼실거리면서 물 위로 떠올랐다.

왕치는 무엇인가 결심한 듯 울기를 그치고 팔을 걷어올렸다.

"그래, 사내 대장부가 세상에 나서, 이래서야 되겠어?"

왕치는 반드시 그 잉어를 잡을 결심으로 후루룩 날아, 마침 솟구치는 잉어의 콧등에 오똑 앉았다.

잉어는 그렇잖아도 속이 출출했던 참이라 이게 웬 떡이냐며, 날름 혀로 차서는 그대로 꼴깍 삼켜 버렸다.

아침에 일찍 나간 채 한낮이 훨씬 지나도 왕치가 돌아오지 않자 소새와 개미는 걱정을 하며 이제나저제나 기다리고 있었다.

그러면서 개미는 자꾸만 소새 탓을 했다. 부질없이 그런 계획을 짜서 그 못난이에게 못할 일을 시켰다는 둥, 혹시나 몸을 다치거나 죽기라도 하면 어떻게 할 거냐는 둥, 잠시도 가만 있지 않았다.

소새는 민망하여, 왕치가 너무 염치 없게 굴길래 한번 골려 주고

---

* 새때 : 끼니와 끼니 사이의 때.

싶어서 그랬다고 변명을 해댔다. 그러면서 이번에도 왕치가 떡 버티며 잔치 준비를 하지 않을 거라고 생각을 했다는 것이었다.

한낮을 보내고 나자 참다 못한 둘이는 왕치를 찾으러 나섰다.

개미는 들로 나갔다. 그러나 아무리 찾아다녀도 왕치가 어디 있는지 알 길이 없었다.

소새는 물가로 나갔다. 역시, 왕치는 눈에 띄지 않았다.

어느덧 날은 저물어, 더 찾을래야 찾을 수도 없었다. 소새는 초조한 마음을 안고 거듭 뉘우치면서, 할 수 없이 집으로 돌아가기로 했다.

혹시 그 동안 왕치가 제풀에 지쳐 돌아와 있으면 좋겠다는 기대를 안고서.

그리하여 마침 수면을 날아 건너는데 잉어가 한 마리 굼실거리며 물 위로 떠오르는 게 보였다. 소새는 휙 몸을 떨어뜨리면서 주둥이로 잉어의 눈을 꿰어챘다.

집에서는 개미가 먼저 돌아와서 벌써부터 혼자 기다리고 있었다.

소새와 개미는 방금 잡아 온 잉어를 먹기 시작했다. 맛있는 음식을 먹고 있자니 더더욱 왕치 생각이 나서 잉어가 목에 걸렸다.

중간쯤 먹었을 때였다.

별안간 후루룩 하더니, 둘이가 먹고 있는 잉어 뱃속에서, 왕치가 풀쩍 뛰어나오는 것이었다. 아까 왕치를 산 채로 먹은 그 잉어를 소새가 잡아 온 것이었다.

소새와 개미는 반갑기도 했지만, 깜짝 놀라 뒤로 나자빠졌다. 그런데 더욱 놀란 것은 잉어 속에서 나온 왕치의 행동이었다. 왕치는,

"휘, 더워! 어서들 먹게! 아, 이놈의 걸 내가 잡느라고 어떻게 그만 앨 썼던지……. 에이 덥다! 어서들 먹게!"

이렇게 능청맞게 남을 놀리면서, 땀 밴 이마를 쓱쓱 손바닥으로 문질러 댔다.

소새는 반가운 것도 놀란 것도 어디론지 사라지고 슬그머니 비위가 거슬렸다. 자기 덕분에 잉어의 뱃속에서 나와 살아난 줄은 모르고 제가 잡았다고 어서 먹으라니, 참 그야말로 염치가 없는 놈이었다.

소새는 주둥이가 한 자나 되게 뚜우 하니 나와 샐룩눈을 깔아뜨리고 앉아 말이 없었다.

개미는 비로소 정신을 차려, 둘이를 다시 보니 참 우스워 기절을 할 지경이었다.

공짜를 너무 좋아하면 이마가 벗어진다더니, 정말 왕치는 이마의 땀을 쓱쓱 씻는데, 보기 좋게 이마의 머리가 훌렁 벗어지고 말았다. 그리고 소새는 주둥이가 한 발이나 쑤욱 나와 버렸고…….

개미는 너무 우스워 대굴대굴 구르다가 그만 허리가 잘록하게

되고 말았다.

　이래서 그 때부터 왕치는 대머리가 되었고, 소새는 주둥이가 길어졌고, 개미는 허리가 가늘어진 것이었다.

가자미와 복장이

돌장승

이 주 홍

- 경남 합천에서 태어났으며, 《신소년》에 동화를 발표하였고, 《조선일보》 신춘문예에 입선되어 문단에 데뷔.
- 한국불교아동문학상, 대한민국문학상, 부산시 문화상 등 수상.
- 작품으로는 《청어 뻑다귀》, 《톡톡 할아버지》, 《아름다운 고향》, 《피리 부는 소년》 외 다수.

가자미와 복장이

두부 장사를 하는 가자미와 기름 장사를 하는 복장이는 앞뒷집에서 서로 의좋게 살았다. 그러나 겉으로는 의좋은 체, 형님 아우님 하고 지내지만, 실제로는 둘 다 욕심쟁이에다 인색하고 음흉했다.

"형님, 기름 한 병만 주세요."

"아우님, 두부 한 모만 주게나."

이렇게 여러 차례 외상을 가져가서는 각기 몰래몰래 팔아먹는 것이었다. 이러고 보니, 두부 장사 하는 가자미가 기름 장수가 되고, 기름 장사 하는 복장이가 두부 장수가 되고 말았다.

기름이고 두부고 할 것 없이, 물건을 만들어 내기가 무섭게 서로들 가져가기만 하니, 손으로 물건 한 번 못 팔아 보는 것도 원통한 일이지만, 대체 이 외상값을 어떻게 해서 받아 낼지 가자미 부부와 복장이 부부는 앉기만 하면 머리를 맞대고 궁리를 해대었다.

"형님, 두부값 좀 계산해 주세요. 콩을 살 돈이 떨어졌어요."

"참 아우님, 기름값 좀 계산해 줘야겠네. 깨를 사야겠는데 밑천이 똑 떨어졌군그래."

서로들 받으려는 다녀 보지만, 어느 한쪽도 갚으려고 하지 않았다.

그래서 저마다 속으로 집이 비기만 하면, 몰래 가서 손해를 입히려고 생각했다. 그렇지만 서로 그런 눈치를 알고 있는 터이라, 볼일은 수두룩하면서도 한쪽도 집을 먼저 비워 두려고 하지 않았다.

어느 흐린 날, 복장이가 먼저 꾀를 냈다. 금방이라도 비가 쏟아질 듯하여 아무래도 장사가 안 될 것 같다는 생각에 이 틈에 장에 가서 깨나 사고, 볼일을 보고 오자는 계획이었다.

복장이는 두루마기를 입고 갓을 쓰고 빈 자루를 들고 나섰다.

가자미가 그 모습을 보고,

"형님, 어디 가세요?"

"응, 아우님인가. 나 깨 사러 장에 가는 길일세."

"그럼 잘 다녀오세요."

가자미는 아무렇지도 않은 듯이 인사를 하고 돌아섰지만, 속으로는 죽을 듯이 좋았다. 이 틈에 자기도 밀려 있는 일을 보고 복장이가 채 돌아오기 전에, 그 집으로 몰래 가서 톡톡히 손해를 입히자는 배짱이었다.

그러나 한편, 복장이는 복장이대로 딴 꿍꿍이셈이 있어서 그런 것이었다.

자기가 바깥 출입을 하면, 가자미가 그 새 반드시 볼일을 보러 집을 비워 놓고 나갈 터이니, 그 틈에 살짝 돌아와서, 일을 저지르겠다는 속셈이었다.

아닌게아니라, 복장이가 한길에서 잠시 어정대고 있으려니까, 가자미가 지게에다 자루를 걸치고 나왔다.

"아우님, 어디 가는가?"

"예, 산 너머 마을에 가서 콩을 사 와야겠어요."

"그럼 잘 다녀오게."

이렇게 해서, 둘이는 오래간만에 각기 외출을 했다. 그러나 하도 오랫동안 미루어 둔 볼일이라, 모두 생각보다는 시간이 꽤 걸렸다. 날이 훨씬 저물어서야 그들은 마을로 돌아왔다. 먹장 같은 구름이 끼어 있어서 날은 어느 때보다도 훨씬 일찍이 어두웠다. 복장이는 깨를 사서 걸망을 해 지고, 가자미는 콩을 사서 지게에 지고 각기 집으로 걸음을 빨리 했다. 그 사이 혹시 저쪽 놈이 왔다 가지 않았나 해서였다. 다행히 아무도 왔다 간 흔적은 없었다. 둘은 후유 하고 안도의 숨을 쉬었다.

그러나 이내 설레이고 초조해졌다.

어서 이 틈을 이용해, 손해를 입혀야만 할 것이기 때문이었다.

먼저 가자미가 콩을 안에다 옮겨 놓고는, 빈 자루를 둘러메고 가만히 나왔다. 컴컴해서 아무의 눈에도 띄지 않는 것이 다행이었다.

비가 올까 해서 *비설거지를 하고 있는 집도 있었지만, 마을 사람들은 대개 저녁밥 먹기에 한창이라, 아주 큰 소리로 지나간다 하더라도 문을 열고 내다보는 일은 없을 것 같았다. 가자미는 그래도 조심조심 소리를 안 낼 양으로 숨소리를 죽이고 발끝으로 걸었다.

복장이의 집에도 불이 환했다. 모두들 저녁밥을 먹는지, 문에는 식구들의 그림자가 움직이고 있었다.

가자미는 냉큼 기름 짜는 곳간이 있는 뒤켠으로 들어갔다. 컴컴해서 아무것도 보이지 않았으나, 샅샅이 더듬었다. 분명 어디서인지 깨 냄새가 났다. 여기저기 만져 보다가 가자미는 드디어 깨를 찾았다. 손을 푹 넣자, 매끈매끈한 깨가 살에 닿았다. 반가워서 죽을 지경이었다. 얼른 가지고 간 자루에 퍼담았다. 자루에 담뿍 차고도 아직도 깨가 남아 있었다. 다 못 가지고 가는 것이 원통했지만 어쩌는 도리가 없었다.

이렇게 깨를 잔뜩 쌓아 두었으면서도 깨 없다는 극성을 부리던 복장이가 생각할수록 미웠다. 무엇 좀더 손해 입힐 것이 없나 하고 가자미는 코를 쫑긋했다. 구석 쪽에서 고소한 냄새가 났다. 이 냄새는 들어올 적부터 났지만, 깨를 담는 데 정신이 빠져서, 느끼지 못하고 있었던 것이다.

가자미는 냄새나는 쪽으로 기어갔다. 기름틀 새에 *깻묵주머니

---

* 비설거지 : 비가 오려 하거나 올 때에 비를 맞혀서는 안 될 물건을 거두거나 덮는 일.
* 깻묵 : 기름을 짜낸 깨의 찌꺼기.

가 끼어 있었다.

"요놈의 복장이!"

하고 가자미는 이를 악물었다. 이렇게 흔한 깻묵을 쌓아 두고도, 한 번도 먹어 보란 말이 없던 구두쇠 복장이였던 것이다.

가자미는 깻묵주머니를 혀로 핥았다. 무거운 기름틀이 잔뜩 누르고 있어서 꺼내 먹을 수가 없어서였다.

밖에서 둑둑둑둑 굵은 빗방울 떨어지는 소리가 들렸다. 비 맞기 전에 어서 집으로 돌아가야 한다는 생각은 들면서도, 그 고소한 깻묵주머니를 겉으로만 핥고 있으려니 목 안이 간지러워서 못 견딜 지경이었다.

이러다가 복장이가 돌아오기라도 한다면 큰일이므로, 가자미는 이빨로 주머니를 끊어서라도, 기어이 깻묵 맛을 보고야 말 생각으로, 깻묵주머니를 물고 잡아당기려 하였다. 그런데 그 때 딱다그르르……하고, 별안간 천지가 무너지는 소리가 나더니 번갯불이 번쩍했다.

이 서슬에 기름틀이 꽝 떨어지면서 가자미를 납작하게 눌러 버렸다. 소리칠 새도 없었다. 몸뚱이가 종잇장같이 납작해졌는데 어디서 소리가 나올 것인가!

번갯불은 연거푸 번쩍거렸고 비는 억수로 쏟아지기 시작했다. 귀신도 모르게 죽게 되는 일만 해도 기가 막히는데, 이런 꼴을 복장이라도 돌아와서 본다면, 또 이런 모양이 어디 있을 것인가!

그러나 다행히 복장이는 나타나지 않았다. 돌아오지 않는 일이 가자미에게는 그럴 수 없이 다행한 일이었지만, 복장이에게는 참으로 기가 막힌 일이었다.

복장이도 가자미와 거의 같은 시간에 외출에서 돌아왔다. 사 가지고 온 깨를 옮겨 놓고서, 빈 자루만 둘러메고 가자미의 집을 향해 남의 눈에 띄지 않게 걸어간 것도 거의 같은 시각이었다. 다만 서로 도중에서 만나지 않은 것뿐이었다.

가만가만 가자미 집까지 가 보니까, 역시 저녁밥을 먹고 있는지, 불빛이 빤히 비친 문에는 식구들의 그림자가 어른거렸다. 복장이는 눈치 빠르게 두부 가마가 걸려 있는 뒤켠으로 들어갔다. 컴컴해서 아무것도 보이지 않았다. 아직 가자미가 안 돌아온 것만 다행으로 생각하면서, 복장이는 어둠 속을 더듬었다. 부스럭 하고, *섬 하나가 손에 닿았다. 섬 안으로 손을 푹 집어 넣으니까, 매끈매끈한 콩이 살에 닿았다. 반가워서 죽을 지경이었다. 이렇게 콩을 넣어 두고 있으면서, 콩 살 돈이 없다고 엄살을 피웠구나 생각하니, 생각할수록 괘씸했다. 가지고 간 자루에다 콩을 퍼담았다. 넘치도록 퍼 넣어도, 콩은 남았다. 다 못 넣은 것이 원통했다.

양쪽 호주머니에 넣었다. 바짓가랑이 속에도 넣었다. 그래도 콩은 남았다. 이왕이면 한 알이라도 더 담을 생각으로 입 안에다 틀

* 섬 : 곡식을 담는, 짚으로 엮어서 만든 그릇.

어넣었다. 자꾸자꾸 틀어넣기만 하려니까, 숨이 턱턱 막혔다. 물 담긴 나무통을 더듬어 손으로 물을 퍼마셨다. 한결 먹기가 수월했다. 콩을 틀어넣고 물을 마시고, 또 콩을 틀어넣고 물을 마시고 했다. 이러는 사이에 별안간 번개가 번쩍하면서 하늘이 쪼개지는 소리가 났다.

이 서슬에, 복장이는 저도 모르게 땅바닥에 픽 엎어졌다. 복장이만 엎어진 게 아니라, 두부 곳간도 같이 엎어져 버렸다.

이거 큰일났구나 하고, 복장이는 자그마한 틈바귀를 찾아, 그 구멍으로 머리를 디밀고 기어 나갔다.

나가다가 복장이는 도로 가재걸음을 쳐서 곳간 속으로 들어갔다. 이왕이면, 힘들여 담은 콩자루를 끌고 나오자는 생각이었다. 콩자루부터 밖으로 내칠 생각으로 복장이는 좁은 구멍에다 자루를 디밀었다. 그러나 콩이 가득 든 큰 자루는 좀처럼 빠져 나가지 않았다.

이러다가 그 새 가자미라도 돌아온다면 모양이 아니므로, 복장이는 있는 힘을 다 내어서 콩자루를 떠밀었다.

딱다그르르……,

번갯불과 함께 천둥 소리가 또 한 번 났다.

복장이는 겁이 덜컥 났다. 이렇게 욕심에만 끌려 어물어물하다가는 나까지 죽겠다 생각하고, 복장이는 콩자루를 빼내고 머리를 디밀었다.

　그런데 이게 어찌 된 일일까? 먼젓번에는 쉽게 나갈 수 있었는데 이번에는 중간쯤 들어가자 나가지도 들어가지도 못하게 되고 말았다. 머리는 바깥으로 나가고, 다리는 안에 있고, 배는 틈바귀 한복판에 꽉 끼어서 옴짝달싹을 못 하게 된 것이었다.

　복장이는 조금 전에 물과 함께 먹은 뱃속의 콩이 그 사이에 자꾸 불어서 그런 줄은 모르고, 그 새 어째서 틈바귀가 작아졌을까 하고 이상스럽게 생각했다.

　복장이는 죽을 힘을 써서 빠져 나가려고 애를 썼다. 그러나 고무 풍선처럼 자꾸 부풀어오르기만 하는 배가 그리 만만히 빠져 나갈 리 없었다.

　밖에는 비가 억수로 쏟아졌다. 눈을 뜰 수가 없었다. 그렇지만 몸이 틈바귀에 꽉 끼여 어쩔 도리가 없었다. 귀로 물이 들어갔다. 코로 물이 들어갔다. 아무리 고개를 옆으로 돌려 봐도 입으로 들어오는 물을 막아 낼 재간이 없었다. 물이 들어가면 갈수록 배는 터져 나갈 듯이 부풀어올랐다.

　이제는 금방 툭 터질 것처럼 괴로웠다.

　가자미가 기름틀에 치여서 괴로워하고 있는 것도, 꼭 이 복장이가 괴로워하고 있는 때와 같은 시각이었다.

　그들이 제각기 혀를 빼물고 있는 새, 산더미 같은 큰 물살이 마

을을 집어삼켰다. 소낙비에 홍수가 진 것이었다. 집이 물 속에 잠기자 마을 사람들은 자다가 물을 피해 높은 산마루로 기어 올라갔다.

그러나 가자미와 복장이는 기름틀과 틈바귀에 끼여서, 그대로 집과 함께 떠내려갔다.

헤엄을 쳐도 소용이 없었다.

가자미는 종잇장같이 얇아서, 복장이는 고무 풍선같이 배가 볼록해서, 물에 떠내려가기에 좋기만 했다.

물살에 둥둥 떠내려가면서, 가자미는 복장이가 입으로 콩물을 토해 내는 것을 보았다.

복장이도 가자미가 깻묵물을 토해 내는 것을 보았다.

"너 이놈, 오래도록 왜 안 돌아오는가 했더니, 내 집에 가서 콩 훔쳐 내고 있었구나."

"너 이놈, 깻묵물이 나오는 걸 보니, 내 집에 가서 깻묵 훔쳐 내다 온 모양이구나."

둘이는 서로 원망스러운 눈으로 흘겨봤다. 저마다 붙들고 갈겨 주고는 싶었지만, 하나는 몸이 납작하고, 하나는 배가 불록해서, 모두 몸이 말을 듣지 않았다.

바다로 흘러간 둘이는, 영영 원수가 된 채로 바다에서 살았다. 지금도 생선 가게에 가면, 가자미와 복장이는 늘상 서로 흘겨만

보고 있다.

"여어, 한쪽으로 눈이 쏠린 병신 납작이?"

"여어, 배불뚝이 영감 안녕하신가?"

그러다가 나중에는 꽁한 눈으로 노려보면서, 이를 악문다.

"너 이놈, 내 집에 와서 깨 훔쳐 먹었지."

"너 이놈, 두고 보자. 내 집에 와서 콩 훔쳐 먹은 도둑놈?"

돌장승

읍내로 들어가는 고갯길 임금바위 옆에는 천 날을 하루같이 돌장승이 꽂혀 있었다.

그리고 길 아래로 흐르고 있는 강물에서는 나이가 열 살로 동갑인 초등 학교 3학년짜리 꼬마 친구 셋이 *멱을 감고 있었다.

종태, 인식, 충재였다.

"내가 어떻게 하는지 잘 봐. 입에 물을 물고서 아아아 소리를 내면 물이 보글보글 끓는 소리를 낸단 말야."

"어디 나도 한번! 아아아아……."

＊ 멱을 감다 : 냇물 따위에 몸을 담그고 씻다.

"나두. *아아아아 보글보글.*"

"아아, 재미있다. 우린 한평생 이렇게 어린아이로만 있었음 좋겠어."

종태가 말하자, 인식이가 물었다.

"왜?"

"어린아이로만 있으면 언제든지 과자도 먹고 장난감도 가지고 놀고 만화책도 보고 이렇게 발가벗고서 멱을 감고 놀아도 아무도 흉보지 않잖아?"

그 소리를 듣더니, 인식이는 고개를 내저었다.

"난 아이로만 있는 건 반대야. 난 어서어서 어른이 됐으면 좋겠어. 일 년에도 두 살씩 네 살씩 열 살씩 한꺼번에 많이 먹고 어서어서 어른이 되면, 좋은 양복도 입고 멋진 안경도 쓰고 사장이 돼서 자가용도 타고 다닐 수가 있단 말야."

그러고 나선 충재를 돌아보며 물었다.

"충재, 넌?"

"난 두 가지 다 싫어. 안 크고 언제든지 아이로만 있는 것도 싫고, 너무 빨리 어른이 되는 것도 싫어. 그저 해가 가는 대로 자연스럽게 커 가는 것이 좋아."

종태와 인식이는 서로 얼굴을 마주 봤다.

"충재가 싫다는데 우린 어떻게 하지?"

"충잰 어느 것도 다 싫다니까, 우리 둘이서만 저 장승님에게 빌기로 해!"

"응, 그게 좋겠어. 난 언제든지 이런 아이로 있게 해 달라고 빌고, 인식이 넌 어서어서 커서 빨리 어른이 되게 해 달라고 빌어 보자."

사실 임금바위 옆에 모셔져 있는 돌장승은 *영검이 많기로 소문이 나 있었다. *액운이 없게 해 달라고 빌면 액운이 없어지고, 병을 낫게 해 달라고 빌면 병이 낫고, 아이를 낳게 해 달라고 빌면 소원대로 아이가 태어나고 해서, 마을 사람들은 자주 그 장승 앞에 와 *치성을 드려 왔다.

단 한 가지, 장승이 왜 아랫도리가 없이 목만 꽂혀 있는지, 많은 사람들은 치성을 드리면서도 궁금해했다. 그러나 마을의 나이 많은 노인들은 그 까닭을 다 알고 있었다.

처음에는 이 곳의 장승도 다른 곳 장승처럼 '천하대장군'인 남자 장승과 '지하여장군'인 여자 장승이 나란히 서 있었는데, 임진왜란 때 여자 장승은 아주 없어지고 남자 장승은 목만 남아 있게 된 것이었다.

동네 할아버지들에게 들어 종태와 인식이, 충재도 그 내력에 대해서는 잘 알고 있었다. 왜병이 우리 나라를 침략해 왔던 임진왜란 때, 수백 명 수천 명이나 되는 왜병이 그 장승 아래를 지나가기

---

* 영검 : 사람의 기원에 대해서 나타나는 효험.   * 액운 : 모질고 사나운 일을 당할 운수.
* 치성 : 신이나 부처에게 정성을 드리는 일.

만 하면 모두 길 아래의 강물에 떨어져서 죽었는데, 나중에 그 신통력을 알아 낸 왜국의 장수가 여자 장승을 뽑아서 강물에 내던지고 남자 장승은 칼로 목을 쳐 버렸다.

뒷날의 마을 사람들은 이 사실을 알고 흙 속에서 목을 찾아 내어 지금같이 언덕 위에 모시고 있는 것이었다.

"그럼 우리 빌어 보자!"

종태와 인식이는 강물에 몸을 담근 채 언덕 위의 돌장승을 쳐다보면서 *합장을 하고 빌었다.

"영검 많으신 장승님께 비나이다. 저는 한평생 내내 나이를 먹지 말고 천 날 만 날 오늘같이 이렇게 어린 나이로만 있게 해 주시옵소서!"

"영검 많으신 장승님께 비나이다. 저는 일 년 중에도 나이를 몇 살씩 겹쳐 먹어, 어서어서 큰 어른이 되게 해 주시옵소서!"

정성을 다해 기도드린 두 아이의 눈에는 돌장승이 '너희들 소원대로 다 들어주마.' 하고 고개를 끄덕끄덕하고 있는 것처럼 보였다.

그런 일이 있은 지 10년 후였다.

그 동안에 충재는 아버지의 직업을 따라 식구들이 서울로 이사를 하게 되었다.

그래서 서울에서 초등 학교, 중학교, 고등 학교를 졸업하고, 그때는 대학생이 되어 있었다.

찌는 듯이 더운 7월, 충재는 여름 방학을 이용해서 배낭을 짊어지고 혼자 여행을 떠났다.

계룡산, 속리산, 오대산, 설악산 등을 두루 구경한 충재는 마지막으로 어릴 때 살았던 범내 마을을 찾아갔다. 서울로 돌아가기 전에 오랫동안 보지 못하고 있었던 고향 땅이나 밟아 보고 가자는

☞

* 합장 : 불가(佛家)에서 인사하거나 절할 때, 두 팔을 가슴께로 들어올려 두 손바닥과 열 손가락을 마주 대는 것.

생각에서였다.

그러나 직행 버스에서 내려선 충재는 우선 읍내 시가지의 모습이 너무나도 달라져 있는 데에 놀라지 않을 수 없었다.

기억 속에 남아 있었던 옛 모습이란 한 군데서도 찾아볼 수가 없었다.

학교에 오갈 때마다 언제나 지나쳤던 대장간도 보이지 않았고, 방죽 너머에 있던 물레방아도 없었다.

시가지의 도로는 모두 아스팔트로 반질반질하게 포장이 되어 있어서, 그 위로는 파랗고 노란 색깔의 택시가 바쁘게 오가고 있었고, 미나리가 심어 있었던 변두리의 논들은 하늘로 쭉쭉 뻗어 서 있는 굴뚝들로 거창한 공장 지대를 이루고 있었다.

그러나 무엇보다도 옛날에 자기가 살았던 집을 보고 싶었던 충재는, 어림짐작만 하고서 곧장 산 밑 쪽을 향해 걸어갔다. 그러다가 한참 만에서야 옛날 마을 앞의 큰 느릅나무를 만날 수 있었다. 학교에서 돌아오면 언제나 마을 친구들과 가지를 타고 올라가 매미를 잡으면서 놀곤 했던 늙은 당산목이었던 것이다.

나무 아래의 긴 의자에는 조그마한 아이들이 구슬치기를 하며 놀고 있었다.

충재는 의자 위에 배낭을 벗어 놓고는 산 밑 쪽을 바라봤다.

그러자 다행히 자기가 살았던 옛 기와집이 그대로 있었다. 충재

는 어떻게나 기쁘던지 가슴이 펄떡펄떡 뛰었다.

충재는 한 아이를 잡고 물었다.

"애, 저 안테나가 서 있는 기와집엔 지금 누가 살고 있지?"

아이는 등산모 차림을 한 낯선 충재를 멀거니 쳐다보더니 고개를 내저었다.

"몰라요. 저 애한테 물어 보세요."

충재는 다음 아이를 잡고 물었다.

"애, 저 안테나가 서 있는 기와집엔 지금 누가 살고 있지?"

그러나 그 아이도 역시 고개를 내저었다.

"몰라요. 저 애한테 물어 보세요!"

충재는 세 번째 아이에게 물었다.

"애, 저 안테나가 서 있는 기와집엔 지금 누가 살고 있니?"

아이는 충재를 쳐다보더니, 벌떡 일어나 손가락으로 그 기와집을 가리켜 보이면서 설명해 주었다.

"저 집은요. 옛날에 충재라는 아이네 가족이 살고 있었는데 그 집은 10년 전에 서울로 이사를 가고요, 지금은 석이네가 살고 있어요. 석이네는 구둣방을 하고 있어요."

"그런데 넌 어떻게 서울로 이사 간 충재를 알고 있니?"

"제가 왜 그걸 몰라요? 지금은 헤어졌지만 그 땐 저하고 같은 학년인 친구였는걸요."

"아니, 얘가 무슨 소리를 하고 있는 거야? 충재하고 친구였다면 지금 네 나이가 몇 살인데?"

아이는 양쪽 손을 부챗살같이 쫙 펴 보였다.

"열 살!"

"이름은?"

"종태!"

충재는 눈을 크게 뜨고, 종태의 두 손을 잡아 흔들었다.

"아니, 네가 전날의 그 종태야? 내가 바로 지금 네가 말한 충재야!"

"뭐라고?"

그제야 종태도 충재를 처음으로 알아보고서, 팔짝팔짝 뛰며 반겼다.

"글쎄, 난 세상에 어쩌면 이렇게 충재를 닮은 사람이 있나? 그런 생각을 하고 있었지 뭐야. 어유, 그런데 어쩌면 너는 이렇게 컸니?"

"아니, 그것보다도 너한테 먼저 물어 보자꾸나. 난 지금 대학생이니까 이만큼 커 있는 게 당연하지만, 넌 그래 그 사이에 10년의 세월이 지나갔는데도 어째서 지금까지 조그만 아이로만 남아 있는 거야?"

"나도 모르겠단 말야. 그 때 내가 임금바위 옆의 돌장승한테 아이로만 있게 해 달라고 빈 뒤부턴 아무리 여러 해가 지나도 크지 않았어. 다른 애들처럼 더 크지 않았단 말야."

"그럼 그 돌장승님의 영검이 그렇게도 컸단 말야? 그래, 그 때 우리와 같이 떡을 감고 놀았던 그 인식이는 지금 뭘 하고 있어?"

"모르겠어. 지금은 우리 마을에도 살고 있지 않은걸. 몇 해 전에 길에서 만났는데 한 해에 나이를 몇 살씩이나 먹어서 그랬던지 수염이 더부룩하게 나 있는 어른이 돼 있지 뭐야? 그러면서 그 자식 인정머리도 없게, 나하고는 나이가 맞지 않아 친구가 될 수 없다면서 같이 놀려고도 하질 않더라고……."

둘이서 그런 말들을 주고받는데 할아버지 한 분이 와서 의자에 앉아 부채질을 하고 있다가 혼자말로 혀를 끌끌찼다.

"세상은 말세야 말세! 아무리 세상이 변했기로 요새 놈들은 아이 어른도 구별할 줄 모르고 있단 말야. 저보다 열 살도 더 먹어 뺴는 손윗사람한테 마구 반말을 하고 있으니 세상 살맛이 뚝 떨어지는구먼!"

그 소리를 듣자 종태는 할아버지를 돌아보았다.

"지금 할아버지께선 저를 보고 말씀하신 것 같은데, 그건 할아버지가 모르셔서 그러는 거예요. 이 사람은 저하고 친구 간이기 때문에 서로가 말을 놓고 있는 거예요."

"하나는 어른이고 하나는 아이인데도 친구 간이라고? 인제는 눈까지 돌았군! 세상이 마구 돌았지 뭐야! 옛날엔 나이가 열 살 위만 돼도 아버지같이 섬겨라 했는데, 지금은 이렇다니……. 에끼, 더러운 놈의 세상!"

할아버지는 후닥닥 일어나서 땅바닥에 침을 퉤! 뱉고는 어디론지 가 버렸다.

충재와 종태는 나무 의자에 걸터앉았다.

충재는 비스듬히 뒤로 몸을 젖히면서 말했다.

"넌 어린아이로 남아 있어 과자도 자주 먹고 장난감도 자주 만지고 만화책도 많이 보고 어른들한테 귀염도 많이 받아서 즐겁겠지?"

"인제 즐거운 것도 싫증이 났어. 남들은 초등 학교도 졸업하고 중학교도 졸업하고 고등 학교도 졸업하고 마음껏 뽐내는 대학생들이 되어 있는데, 난 손해를 봐도 이만저만한 손해를 본 게 아니지 뭐야."

"그렇지만 가만 생각해 보니까 어렸을 때가 제일 좋아. 지금 같은 이런 여름엔 친구들과 동구 밖에 나가서 잠자리도 잡고……."

"소쿠리를 들고 개천에 가서 송사리도 잡고……."

"산골짜기에 올라가서 가재도 잡고……."

"임금바위 아래의 강물에 뛰어들어가서 멱도 감고⋯."

"참, 지금도 그 강물은 말갛게 흘러가고 있을까? 옛날처럼 우리 거기로 가서 멱을 감아 보는 게 어때?"

"그래 그래."

"그럼 지금 가 보자! 난 온몸이 땀투성이야."

충재는 벗어 놓았던 배낭을 메면서 일어섰다. 종태도 뒤따라 느릅나무 아래의 축대를 내려섰다.

"집들이 많이 들어차 있어서 길을 잘 모르겠구나. 어디로 가면 되지?"

"버스를 타면 돼."

"옛날엔 거기까지 걸어다니지 않았어?"

"옛날은 옛날이고 지금은 지금이지. 임금바위까지 가는 완행 버스가 있으니까."

둘은 버스를 타고 임금바위 앞에서 내렸다. 돌장승도 그대로 있고 길 아래의 강물도 옛날같이 맑게 흐르고 있었다. 그런데 돌장승이 있는 옆 언덕 위에는 전에 못 보던 건물 하나가 서 있었다.

"그 땐 저런 집이 없었는데?"

"나도 첨이야. 경로당인 것 같은데?"

"글쎄. 할아버지들이 많이 앉아 있는 걸 보니까 경로당인 게 틀림없군. 응, 저기 할아버지 한 분이 뜰에 나와 계신데 한번 여쭤 보자!"

충재는 할아버지 있는 데로 올라가서 공손한 말로 물어 보았다.

"할아버지, 이 경로당이 언제 생겼지요?"

그러자 허리가 꾸부정하고 머리털이 하얗고 살빛은 까맣게 타 있고 이가 홀랑 빠져 있는 할아버지는, 귀까지 먹었는지 충재의 입에다 귀를 바싹 갖다 대면서 큰 소리를 질렀다.

"점심을 먹었냐고?"

"아니에요, 할아버지. 이 경로당을 언제 지었냐고 물어 본 거예요."

"내 나이가 몇 살이냐고? 난 나이 욕심을 너무 냈다가 백 살이 됐는지 이백 살이 됐는지 그걸 모르는 처지가 돼 버렸어."

그러다가 다시 충재의 입에다 귀를 들이대면서 큰 소리를 질렀다.

"뭐라고? 이름까지도 기억을 못 하고 있느냐고? 내 이름은 인식이야! 김인식!"

그 소리를 듣자, 충재와 종태는 너무 놀란 얼굴로 할아버지의 두 손을 갈라 잡았다.

"할아버지가 옛날에 우리하고 같이 학교에 다녔던 그 인식이란 말예요?"

"너희들은 누군데?"

"저는 종태! 이 학생은 충재! 기억하시겠어요?"

그 소리를 듣더니, 할아버지는 뒤로 넘어질 만큼 크게 놀라 눈물을 찔끔찔끔 흘리면서 충재와 종태를 안고 울먹였다.

"난 항상 너희들 생각을 잊지 않고 있었지. 그런데 다행히 하느님이 도우셔서 우리를 이렇게 만나게 해 준 거야. 난 한 날도 빼놓지 않고 그 옛날 너희들과 이 아래의 강물에서 멱 감고 놀던 일을 생각해 왔어. 아아, 그 때가 좋았거든."

"그렇잖아도 우리 둘이서 몇 해 만에 만나 전날같이 이 강물에서 멱을 감아 보려고 나온 거예요. 이왕 몇 해 만에 이렇게 만났는데, 할아버지도 그럴 생각이 없으세요?"

"할아버지 소린 빼라고! 옛날에는 같은 또래의 친구였는걸. 그렇지만 난 늙어서 걷지를 못하겠어. 저 강물에까지 내려갈 수가 없단 말야. 누가 나를 업고 내려가 주려나?"

"그럼 할아버지는 이 충재가 업고 내려갈게요."

"어허, 그 사람, 할아버지 소린 빼래도 그러네? 그리고 친구 간인데 높임말 쓰는 것도 그만두고!"

충재가 인식이 할아버지를 업고 길 아래로 내려가자, 종태는 무거운 충재의 배낭을 대신 짊어지고 헐떡헐떡 가쁜 숨소리를 내면서 뒤따라 강으로 내려갔다.

세 사람은 10년 만에 또 그전같이 강물에 들어가서 멱을 감으며 즐겼다.

"아아, 예전에 우리 셋 모두 나이가 똑같았던 때가 좋았어!"

"아아, 예전에 우리 셋 모두 나이가 똑같았던 때가 좋았어!"

"우리 그럼 그전같이 똑같은 나이로 돌아가도록 저 장승님한테 한번 빌어 볼까?"

"그래, 우리가 왜 진작 그런 생각을 못 하고 있었던 걸까?"

"지금이라도 늦지 않아! 저 장승님한테 정성들여 빌어 보자고!"

"영검 많으신 장승님께 비나이다. 우리는 나이를 너무 급히 먹

어 어른이 되는 것도 원치 않고, 나이를 너무 안 먹어서 아이로만 남아 있는 것도 원치 않으니, 부디 예전같이 같은 나이로 돌아가게 해 주십시오!"

정말 돌장승의 영검이 이토록 대단할까! 기도를 마치고 나서 눈을 떴을 때, 세 아이는 거짓말같이 10년 전 그대로의 모습으로 돌아와 있었고, 방금까지 있었던 돌장승 옆 언덕 위의 경로당도 감쪽같이 사라져 버렸다.

세 아이는 꿈에서 깨어난 것같이 서로 얼굴을 바라보면서 크게 웃었다.

"와, 하하하!"

"와, 하하하!"

그러고는 물 위로 목만 내놓은 채, 물을 입에다 물고서 한꺼번에 소리를 냈다.

"아아아아아아……."

"아아아아아아……."

"아아아아아아……, 보글보글보글보글……."

하늘에서 온 소년
밤 전차의 소녀

이 원 수

- 경남 양산에서 태어났으며, 《어린이》에 동요 《고향의 봄》을 발표.
- 한국문학상, 대한민국문화예술상, 대한민국문학상 아동문학부문 본상 등 수상.
- 작품으로는 《종달새》, 《빨간열매》, 《어린이 나라》, 《5월의 노래》 외 다수.

하늘에서 온 소년

스스는 장난과 여행을 좋아하는 아이였습니다. 어른들이 못 하게 하는 일도 곧잘 하고, 혼자 먼 곳으로 놀러 다니기도 예사였습니다.

그 날도 스스는 날아다닐 때 입는 옷으로 갈아입고, 별나라를 향해 날고 있었습니다. 달 가까이 갔을 때, 이상한 물건이 날고 있는 걸 보고 뒤따라가 보고 싶은 생각이 났습니다.

그 이상한 물건은 아폴로 8호였습니다. 지구에서 달 가까이까지 갔다가 지구로 되돌아오는 우주선이었습니다.

깜깜한 하늘, 빛나는 달과 지구를 보며 스스는 신나게 지구를 향해 날았습니다.

우주선 안에는 사람이 셋이나 있었지만 뒤따라오는 스스를 보지는 못했습니다. 스스는 혼자 빙긋이 웃고 휘파람을 불며, 장난스런 기분이 되었습니다.

이윽고 지구에 가까이 왔을 때, 스스는 우주선이 바다에 떨어지는 걸 보고 혀를 쯧쯧 찼습니다.

'왜 하필 바다에 떨어진담!'

스스는 방향을 바꾸어 지구를 살펴보다가 섬도 아니고 육지도 아닌 곳을 골라, 내려설 작정을 했습니다.

어떤 사람들이 살고 있을까? 스스를 해치려 들지나 않을까? 조금은 걱정이 되었지만 큰맘 먹고 한 곳을 살며시 내려다보았습니다.

그 곳은 바로 한국. 한국에서도 강원도의 조그만 도시였습니다. 그래서 우리는 하늘에서 내려온 스스와 가까이 지내게 된 것이었습니다.

스스는 어떻게 생긴 소년일까? 지구에서 사는 아이가 아니니까 어쩌면 괴상하게 생겼을지 모른다고 생각하겠지만, 이상하게도 별나라의 소년은 우리들과 별로 다르지 않았습니다.

스스는 몸이 날씬한, 예쁜 소년이었습니다.

스스는 산등성이에 사뿐 내려서 사방을 돌아 보았습니다. 늘푸른 나무들이 산허리를 감고 있었습니다. 바람은 사과 향기 같은 냄새를 풍기고, 하늘은 아름다운 물 빛깔이었습니다.

"야아! 오기를 잘 했어. 이렇게 아름다운 곳도 있었구나!"
하고 스스는 무척 기분이 좋았습니다. 그러나 사람이 없어서 심심했습니다.

"사람은 어디 살고 있을까?"

이렇게 중얼거리며 산에서 몸을 날려 아래쪽으로 날아가다가 한 조그만 도시를 발견하고 동네 위를 빙빙 돌며 내려앉을 자리를 찾았습니다.

깨끗하고 널찍한 뜰이 있는 집이 보였습니다. 큰맘 먹고 그 뜰에 살짝 내려섰습니다.

벽돌로 지은 양옥집이었습니다. 유리창 안으로 집 안이 들여다보였습니다.

"아, 사람! 사람이 있구나!"
하고 스스는 몸을 움츠리며 바라보았습니다.

마루에서 한 소녀가, 색깔이 고운 옷을 입고 옆에 있는 어머니에게 투정을 하고 있었습니다.

"이게 뭐야? 이 따위 옷을 입고 어떻게 모임에 나가요? 촌스러워서……. 난 이 옷 안 입을래."

그러면서 입었던 옷을 훌훌 벗어 던졌습니다. 어머니는 아이를

달랬습니다.

"이것아, 이 옷이 얼마나 비싼 건데 그런 소릴 하니? 가난한 사람들이 입는 옷보다 백 배나 비싼 옷이야!"

속옷만 입은 소녀가 발을 동동 구르며,

"엄만 가난뱅이하고 비교만 하면 그만이야? 다른 걸 달란 말야."

하는 소녀의 얼굴은 잔뜩 찡그려져 있고 심술이 넘쳐 흘렀습니다.

이 때, 대문을 밀고 들어오는 리어카 한 대가 있었습니다. 늙은 어른이 끌고 한 소녀가 뒤를 미는 그 리어카에는 꺼먼 연탄이 가득 실려 있었습니다.

리어카를 뜰에 세운 늙은이는 연탄을 판자에 얹어 집 뒤쪽으로 나르기 시작했습니다. 소녀도 연탄을 들어 날랐습니다.

"얘야, 넌 만지지 마라, 옷 버린다."

"괜찮아요."

"그만둬."

"괜찮아요."

"이놈아, 그만두래도."

"할아버진 힘드시면서 괜히 그러셔."

소녀는 연탄을 들고 가면서 살짝 눈을 흘겼습니다. 그러면서도 입가에는 귀여운 웃음이 떠돌고 있었습니다.

소녀의 옷은 허름한 것이었고 게다가 검은 연탄가루가 묻어 있었습니다. 그러나 할아버지를 도와 연탄 나르는 일을 즐겁게 하고 있는 그 소녀는 참 귀여워 보였습니다.

　스스는 홀린 듯이 바라보고 있다가, 연탄 나르기를 끝낸 할아버지와 손녀가 리어카를 끌고 대문을 나가자, 재빨리 담장을 넘어 길가로 나섰습니다. 그리고 소녀가 끄는 리어카 뒤에서 밀기 시작했습니다. 리어카를 도로 빼앗으려는 할아버지에게 소녀가 즐거운 목소리로 말했습니다.

　"할아버지, 이젠 아주 가벼워요. 제가 끌고 가는 게 아니라, 리어카가 절 밀어 주는 것 같은걸요."

　"허허, 그놈, 별소릴 다 해."

　연탄 가게 앞까지 리어카를 밀어 준 스스는 동네 이곳 저곳을 돌아다니며 구경을 했습니다. 지구는 아름다웠지만 사람들의 사는 모습이 지저분하게 보였습니다.

　어느덧 해가 저물었습니다.

　스스는 어디로 가서 밤을 새울까 하고 생각하다가 아까 리어카를 밀어 준 그 소녀의 집으로 발길을 돌렸습니다.

　조그마한 가겟집. 연탄가루에 꺼멓게 더러워진 집이었습니다.

　안방의 조그만 창문으로 들여다보니, 아까 그 소녀가 책을 펴 놓고 무언지 열심히 쓰고 있었습니다.

스스는 창문 밖에 두 손으로 턱을 괴고 쪼그려 있었습니다. 찬바람이 휘익휘익 불어 왔습니다. 눈을 들어 하늘을 보았습니다. 별 몇 개가 깜박깜박 눈짓을 하고 있었습니다.

'내가 살던 땅은 어느 별일까?'

스스는 영영 고향을 잃어버린 것 같은 생각이 들었습니다. 그래도 슬프지는 않았습니다. 날아오르면 찾아갈 수가 있기 때문이었습니다. 그리고 지금 스스가 볼 수 있는 귀여운 소녀가 있기 때문에 심심치도 않았습니다.

"점순아!"

가게에서 할아버지가 소리쳤습니다.

"네에."

안방의 소녀가 대답했습니다.

"나 고개 너머 연탄 공장에 갔다 올 테니 가게 좀 봐라."

"할아버지, 연탄 주문 가는 거예요? 제가 갔다 올게요."

그러면서 소녀가 뛰어나와 가게 안으로 후다닥 달려가더니,

"연탄 주문하는 거죠?"

하고 물었습니다.

"넌 가게나 보고 있어. 고갯길이 *빙판이라 위험하다. 내가 갔다 오마."

"할아버진 더 위험해요. 단박 미끄러져요. 제가 갔다 오겠어요."

---

* 빙판 : 땅 위의 눈이나 물기가 얼어서 된 얼음판.

"허허, 우리 점순인 참 부지런도 하지……."

점순이는 수건으로 머리와 목을 둘러싸고 가게를 나섰습니다.

"빙판 조심해라. 까딱하면 미끄러진다."

할아버지가 주의를 시켰습니다. 스스는 빙판이란 게 어떤 것일까 생각하며 소녀의 뒤를 따라갔습니다.

"점순……, 점순이가 저 애 이름이구나!"

점순이는 고갯길을 부지런히 올라가고 있었습니다. 스스는 발자국 소리를 내지 않고 조심조심 따라갔습니다. 고갯길엔 얼음이 미끄러웠습니다. 점순이는 조심조심 걷고 있었습니다.

고개를 넘어 한참 가다가 연탄 공장이 있었습니다. 연탄 주문을 하고 점순이는 다시 고갯길로 뒤돌아왔습니다.

미끄러운 빙판을 올라가는데 위쪽에서 자전거 한 대가 종을 울리며 어둠 속을 달려 내려갔습니다. 자전거를 피해 서던 점순이가 그만 빙판에 미끄러졌습니다.

"어머!"

호되게 넘어진 점순이가 일어나려고 허우적거리는 것을 보고 스스는 부리나케 쫓아가서 점순이를 일으켰습니다. 그러고는 날쌔게 등에 들쳐 업었습니다.

점순이는 어두운 길에서 넘어졌다가 다시 일어난 것까지는 괜찮았으나, 그 뒷일이 이상했습니다.

점순이의 몸이 공중으로 둥둥 떠오르는 것입니다. 꿈같기만 했습니다. 훨훨 날아서 가파른 고갯길 위로 떠가고 있었습니다. 그리고 불빛이 꽃밭 같은 밤의 도시 위를 헬리콥터처럼 날고 있었습니다.

'이건 꿈이다. 내가 꿈을 꾸고 있는 거야······.'

점순이는 전에도 꿈을 꾸면서 '이건 꿈이다.' 하고 생각하면서 꿈을 꾼 일이 있었습니다. 그리고 이 추운 겨울 밤에 하늘을 날아다녀도 조금도 춥지 않은 것도 꿈이기 때문이라 생각했습니다. 그렇지만 그건 스스의 몸에서 열이 나고 있기 때문이었습니다.

점순이를 업고 공중을 날면서 스스가 처음으로 소리내어 말을 걸었습니다.

"······."

점순이도 대답을 했습니다.

"······."

무슨 말인지 처음에는 알아듣지 못했습니다. 그렇지만 차츰 마음 속에서 그 말이 되살아났습니다.

'점순이는 참 아름다운 아이다.'

'아냐, 난 연탄가루투성이야.'

'점순이는 마음이 아름다워. 옷 같은 것을 보고 아름답다고 한 게 아니야.'

'그렇게 얘기하면 난 부끄러워.'

'난 점순이 같은 아이하고 늘 같이 있고 싶다. 별나라로 데려가고 싶어.'

'어머나! 그럼 우리 할아버지 혼자 어떻게 하게?'

'그럼 내가 자주 찾아오면 되지……..'

이윽고 스스는 점순이의 집 추녀 밑으로 날아내려, 아무도 모르게 그의 방에 점순이를 살포시 뉘었습니다.

점순이는 스르르 눈을 감았습니다.

꿈을 더 꾸고 싶어서겠지요.

스스는 점순이 머리맡에 턱을 괴고 앉아 있었습니다.

한참 후에 방문을 열고 할아버지가 말했습니다.

"아이구, 우리 점순이가 어느 새 갔다 와서 잠이 들었군……."

할아버지는 방문을 닫았습니다.

스스는 황홀한 기분이었습니다. 잠들어 있는 점순이의 이마에 가만히 입을 맞춰 주고, 창문으로 날아 밖으로 나왔습니다. 그러고는 창 밖에 쪼그리고 앉아 눈을 감았습니다. 내일 아침이 몹시 기다려졌습니다. 재미있는 일이 얼마든지 있을 것 같았습니다.

밤 전차의 소녀

밤이 깊어 갑니다. 어둠 속의 거리는 조용해지고, 길가 가게의 불빛만 더 밝아졌습니다.

*전차 333호는 지금 종점을 향해 달려가고 있었습니다. 이 차가 마지막 차였습니다. 이 차가 가고 나면 내일 새벽까지 전차라고는 없었습니다.

차 안에는 몇 안 되는 늦은 손님들이 말없이 앉아 있었습니다.

모두 일에 지쳤는지 기운 없이 멍하니 앉아 있었습니다. 어서 집에 가서 다리를 뻗고 푹 쉬고 싶어하는 것 같았습니다.

---

* 전차 : 공중에 설치한 전선으로부터 전력을 받아 궤도 위를 다니는 차. 우리 나라에서는 1898년에 처음 등장했다가 1969년에 모두 철거됨.

전차는 윙윙 바퀴 소리를 내며 환히 트인 밤길을 달리고 있습니다.

길가 가게는 더러 문을 닫기도 했습니다.

한 가게는 푸르도록 흰 형광등 불빛에 이야기 나라처럼 어둠 속에 뚜렷이 빛나고 있었습니다. 아름다운 오색 빛깔의 상품들이 지나가는 전차를 내다보고 있었습니다.

그러나 전차는 그런 것을 본 체도 하지 않고 종점을 향해 가며,

"어서 가서 자야겠다. 어서 가서 자야겠다."

하고 똑같은 소리만 했습니다.

손님은 모두 다섯뿐이었습니다. 한 손님은 톱, 대패, 끌, 쇠자 등이 들어 있는 가방이 옆에 있는 것으로 보아 목수인 것 같았습니다. 허름한 옷을 입은 목수는 앞자리에 앉은 아홉 살 가량 되어 보이는 어린 소녀를 바라보고 있었습니다.

소녀는 빨간 스웨터에 청색 바지를 입고 있었습니다. 단발머리에는 빨간 리본을 나비처럼 붙였습니다.

눈이 동그랗고 코가 오똑한 소녀는 조그만 입을 꼭 다물고 창에 기대 앉았다가, 어느 새 졸음이 왔는지 가만히 눈을 감았습니다.

배지도 이름표도 없는 것이 이상하였지만, 옷을 갈아입느라고 옮겨 달지 않았나 봅니다.

어딜 갔다가 혼자 늦게 오는 것일까 하고 목수는 잠이 든 소녀를

쉬지 않고 바라보았습니다.

 그리고 죽은 딸을 생각했습니다. 그 애가 살았으면 꼭 저 아이같이 예쁘고 귀여울 텐데……. 망할 놈 같으니! 이 아비를 두고 먼저 가 버려? 이 아비의 마음을 슬프게 해 놓고 다시 만나지 못할 곳으로 가 버리다니! 목수는 이런 생각을 하며, 잠이 든 어린 소녀가 마치 죽은 자기 딸인 듯, 그리움에 가득 찬 눈으로 지켜보고 있었습니다.

 키가 큼직한 고등 학생은 가정교사 일을 마치고 집으로 돌아가는 길이었습니다. 고등 학생은 잠든 소녀를 물끄러미 바라보며 이런 생각을 했습니다.

 '내 여동생같이 생겼구나. 어제는 수학 숙제 해 달라고 떼를 쓰며 조르는 것을 뿌리치고, 남의 집 아이 공부를 가르치러 부랴부랴 떠났지. 영이는 나를 원망하며 내가 가고 난 뒤에는 울었는지도 모르겠구나……. 아! 내 동생에게도 공부를 가르쳐 줘야 할 텐데……. 지금쯤 집에 가면 벌써 곤히 잠이 들었을 테지…….'

 고등 학생은 제 여동생이 가엾다는 생각을 하며 잠든 소녀를 바라보았습니다. 학생의 눈에 그 소녀는 꼭 자기 동생처럼 생각되었습니다.

 고운 비단옷을 입은 부인은 내일 학교에서 가르칠 음악에 대해서 생각하다가, 그 생각은 잊어버리고 지금 잠든 소녀를 바라보고 있었습니다.

부인은 그 소녀의 잠든 모습이 하도 귀여워서, 저런 아이라면 피아노를 잘 칠 것 같은 생각을 한 것입니다.

'아이에게 피아노를 가르치면 꼭 천재적 음악가가 될 것 같아. 세상에 이름을 떨칠 재주가 저 하얀 이마 속에 가득 들어 있어.'

이런 생각을 한 음악 선생님은, 그 귀엽고 재주 있어 보이는 소녀를 자기 집으로 데리고 가고 싶어서 못 견디는 것만 같았습니다. **'어디 사는 아일까? 피아노를 가르쳐 준다면 좋아하고 따라 올 수 있을까?'**

그러나 음악 선생님은 잠든 아이를 깨워 물어 볼 용기는 없었습니다. 물어 보았다가 고개라도 저으면 괜히 무안해질까 봐 그러는 것이었습니다. 그러면서도 그 잠든 귀여운 얼굴을 지켜보고만 있었습니다.

전차 가운데 문에 서 있는 차장은 피곤한 몸으로 잠든 소녀를 바라봅니다. 어디서 내릴 아인지 모르지만, 정류장에 닿을 때마다 소녀 쪽을 보며 "어디요, 어디요……." 하고 정류장 이름을 크게 외쳤습니다. 소녀는 그럴 때마다 고맙다는 듯, 감았던 눈을 잠시 떴다 감았습니다.

차장은 나이 40이 넘은 사람이었습니다. 여러 해 동안을 전차에서 일해 온 차장은 하루 일을 마치고 이제 곧 집으로 돌아가는 길에, 자기 어린 딸에게 무엇이든 선물을 사다 주고 싶은 생각을 했습니다.

　'캐러멜을 살까? 아니면 캔디를 살까? 아니, 몽당연필을 가지고 다니던데 연필도 사다 줘야 하지 않나?'

이런 생각을 하다가 지금 집에 가면 그 귀여운 딸이 이미 잠들었을 거라고 생각했습니다.

'아비는 늘 늦게야 집에 돌아가고 언제나 과자 한 봉지 못 사고 들어가는구나. 이 아빠를 기다리다가 저 애처럼 잠이 들었겠

지?'

차장은 딸이 가엾다고 생각했습니다. 먹고 싶어하는 것도 자주 사 주고 예쁜 옷도 사 입혔으면……, 아니, 머리에 저런 빨간 리본도 달아 주었으면……. 차장은 잠이 든 소녀를 안아 주고 싶었습니다.

'아버지는 너한테 그 동안 과자도 안 사 주었구나. 오늘은 과자를 사 가마!'

이런 소리가 목구멍까지 나오는 걸 간신히 참아 삼켰습니다.

잠들어 있는 전차의 소녀는 지금 어머니의 꿈을 꾸고 있었습니다.

소녀의 어머니는 하늘나라에 가고 없었습니다.

소녀는 어머니 생각이 나서 슬퍼지면 외할머니 집에 달려가는 것이 버릇처럼 되었습니다. 외할머니 곁에 있으면 어쩐지 어머니 곁에 있는 것처럼 생각되었습니다. 오늘도 학교에서 돌아와 외할머니 집에서 저녁을 먹고 집으로 돌아가는 길이었습니다.

소녀는 맘씨가 고왔습니다. 그 고운 맘씨가 소녀의 얼굴을 점점 예쁘게 만들어 주는 것을 소녀는 모릅니다.

어머니를 그리워할 때마다 소녀의 얼굴에는 슬픈 빛이 스쳐 갔지만 그 때가 지나면 소녀는 예쁜 동무와도 싸우지 않고 잘 놀았습니다. 동무와 정답게 놀 때마다 소녀의 얼굴에 귀여운 빛이 살아났습니다.

싸움을 하는 동무들의 얼굴은 날로 사나워 보이고 찡그린 얼굴이 되어 보기가 싫어지지만 맘씨가 착한 소녀는 날로 꽃같이 예뻐집니다. 그러니까 잠이 들어도 모두들 귀여워 바라보고 있는 것입니다.

목수의 눈에 눈물이 어렸습니다. 죽은 딸이 찾아와서 아버지 앞에서 편안한 마음으로 잠을 자고 있다는 생각이 든 것입니다.

'이것아! 이것아……'

목수는 이제라도 목메인 소리를 지를 것만 같았습니다.

고등 학생은 또다시 생각에 잠겼습니다.

동생에게는 공부를 못 가르치고 남의 집에 가서 남의 아이 공부만 시키는 제 신세를 생각하니, 슬픈 마음 속에 커다란 결심이 솟아났습니다.

'오냐! 힘껏 공부하고 힘껏 일해서 내 동생을 위해 주리라. 대학까지 내가 공부를 시켜 주고야 말리라.'

고등 학생은, 여동생이 혼자 어려운 숙제를 풀다 그만 앞자리에 앉은 채 잠이 든 것 같은 느낌이 들었습니다.

'날 원망하지 마라, 응?'

학생은 이런 소리가 목구멍까지 나오려는 걸 참고 있었습니다.

차장이 정류장 이름을 대었습니다. 문을 열자, 눈 감고 앉았던 소녀가 나비같이 가볍게 일어나 폴짝 차 밖으로 내렸습니다.

"아가!"

하고 차장이 불렀습니다.

"아버지!"

하고 소녀는 한 마디 부르며 어둠 속으로 사라졌습니다.

차장은 그 소리가 자기를 부른 것 같아 어두운 바깥을 멍하니 내다보았습니다.

아! 나는 보았습니다. 마지막 전차 안에 앉은 목수와 고등 학생과 음악 선생과 그리고 문간에 서 있는 늙은 차장의 가슴에, 머리에 빨간 리본을 단 그 귀여운 소녀가 똑같이 한 사람씩 안겨 있는 것을……

빨간 리본의 소녀가 네 사람이 되었습니다. 소녀는 모두 똑같은 얼굴로 눈을 감고 귀여운 머리를 가슴에 대고 있었습니다.

나는 부러운 마음으로 내 눈을 더 밝게 하여 60W(와트)의 광선으로 네 소녀와 세 분 손님과 차장을 천장에서 가만히 내려다보았습니다.

내 마음이 한없이 즐거워지는 걸 느꼈습니다.

누님의 얼굴

 최 병 화

 · 서울에서 태어나 연희전문학교를 졸업하고, 교사 · 잡지 편집자 등을 지내면서 신문 · 잡지에 순정소설을 발표.
 · 작품으로는 《즐거운 메아리》, 《희망의 꽃다발》, 《꽃피는 고향》, 《즐거운 자장가》 외 다수.

누님의 얼굴

"**영호야!** 이제 너는 성공하였다. 얼마나 기쁘냐? 그런데 다른 목적이 있다는 것은 대체 무슨 얘기야?"

"응, 나는 누님을……누님을 찾아야 해. 우리 누님께서는 지금 어디 계신지 도무지 알 수가 없어. 나는 몇 해 동안 이렇게 찾아다니고 있지만 누님께서도 반드시 찾고 계실 거야. 누님께서는 나의 그림을 퍽 사랑하여 주셨어. 그러니까 누님께서 살아만 계시다면, 어느 곳에 계시든지 반드시 만날 수 있어. 내가 전람회에 뽑힌 것(입선)을 신문에서 보시고 아시기만 하면 즉시 전람

회장으로 뛰어오실 것이니까 말이야. 그러면 이 곳에서 누님을
만나 뵐 수가 있어. 그래서 나는 이렇게 날마다 와서 누님을 찾
고 있는 거야. 연갑아, 이것이 내가 그림을 그린 목적이다."
"그러면 너는 그림을 통해 누님을 찾으려고 했구나?"
"그래, 맞아."
영호는 미소를 띠며 이렇게 대답하였습니다.
"그렇다면 너는 보이지 않는 누님을 모델 삼아서 저 그림을 그
린 것이로구나?"
"그렇고말고!"
"저 그림 속의 모델이 네 누님이라면 네 누님은 퍽 어여쁘게 생
기셨다."
하고 연갑이는 부럽다는 듯이 말했습니다.
　영호와 연갑이는 동양화만 진열해 놓은 제1부, 제2부를 지나 서
양화가 진열된 제3부로 들어갔습니다.
　제3부 서쪽 벽에 쭉 걸려 있는 인물화 앞에 와서 두 소년은 나란
히 어깨를 겨누고 가던 걸음을 멈추었습니다.
　두 소년은 '누님의 얼굴'이란 평범한 이름이 붙어 있는 그림을
몇 번이나 쳐다보고 있었습니다.
　푸르른 녹음을 배경으로 하고 모시 적삼을 입은 여자의 반신상
을 그린 유화 그림이었습니다. 필치가 좀 약한 것 같으면서도 굳

센 힘이 나타나 있었고, 무엇을 만질 듯이, 누구를 몹시 그리워하는 듯이 고개를 약간 옆으로 숙인 처녀의 불그스레한 얼굴이 마치 살아 있는 사람같이 그려져 있었습니다.

제3부 인물화 가운데에서 제일 잘 그렸다는 이 걸작품이 이제 겨우 열여섯 살 소년, 그리고 인쇄 견습공으로 있는 소년의 손으로 그려졌다는 것은 세상 사람을 놀라게 하여 각 신문마다 열렬한 칭찬을 아끼지 않았습니다.

'누님의 얼굴'이란 그림 앞에는 많은 사람들이 다른 것을 보는 것도 잊어버린 채 몰려 서 있었습니다.

영호는 전람회가 시작되던 아침부터 이 곳에 와서 입장하는 사람들을 살펴보았습니다.

특히 여학생이나 아가씨가 눈에 띄면 한 사람도 빼지 않고 일일이 눈여겨보았습니다.

그 가운데 혹시 누님이 있지나 않나 하고 남몰래 가슴을 두근거리면서…….

그러나 일 주일이 지나도 영호가 찾는 사람은 보이지 않았습니다.

그리하여 영호는,

"누님이 이 세상에 살아 계시지 않은가 보다."

하고 몇 번이나 눈물지으며 낙심하였습니다.

그 때였습니다.

"야! 영호야! 빨간 쪽지가 붙었다."

하고 연갑이가 큰 소리로 부르짖었습니다. 영호가 그 소리에 놀라 그림 아래를 보니 팔렸다는 빨간 쪽지가 새로 붙어 있었습니다.

"아!"

하고 영호는 감격에 떨리는 소리로 부르짖었습니다.

'누가 이 그림을 샀을까?'

풀기 어려운 의문이 영호의 가슴을 몹시 뒤흔들어 놓았습니다.

영호는 그 그림에 값을 아무렇게나 매겨 놓고 있었습니다. 팔려고 한 것도 아니고, 또 누가 살 거라고도 생각지 않았던 것입니다.

자기의 첫 번째 작품이 뜻밖에 팔리게 된 것이 기쁘기도 하면서 슬프기도 하였습니다.

"그림을 사신 분은 아주 예쁜 여학생입니다. 영호 씨의 주소를 물었으나 자세히 몰라서 못 가르쳐 주었습니다. 아마 집으로 찾아가려나 봅니다."

사무 보는 사람은 불운한 천재 소년 화가의 행운을 축복하는 듯이 말했습니다.

"영호! 이제는 낙심한 얼굴은 하지 마. 누님이야, 영호가 찾는 누님이야……."

하고 연갑이가 영호의 손을 흔들며 말했습니다.

그러나 영호는 자기 그림을 산 잘생긴 여학생이 자기 누님이라는 생각이 안 들었습니다.

"우리 누님은 여학생이 아니야. 우리 누님은 직조 회사나 혹은 담배 회사에 다니는 여직공이라야 해."

하고 그림 앞에 가 멈춰 섰습니다.

그림이 팔린 것은 기뻤지만 밥을 굶어 가며 온 정신과 정열을 모아서 그린 그야말로 피와 땀이 엉켜서 된 이 '누님의 얼굴'이 다른 사람의 손에 넘어간다는 것을 생각하면 마음이 좋지 않았습니다.

어느 부잣집 응접실이나 서재에 걸린 채 생각 없는 그들의 위안물이 되어 버릴 것을 생각하면 영호의 가슴은 몹시 괴로웠습니다.

영호는 팔려고 하지 않던 그림에 값을 매겨 둔 것이 다시금 후회가 되었습니다.

팔아서 생활에 보태려고 그린 것도 아니고, 오직 누님을 만나고 싶다는 목적과 정성으로 이 그림을 그려 놓은 것입니다.

영호는 누님이 자기가 입선한 것을 알면 즉시 전람회장으로 뛰어오리라고 생각하였습니다.

즉, 다시 말하면 이 그림이 다리가 되어 누님과 만날 기회를 만들기 위해 그림을 그린 것입니다.

그러나 일 주일이 지나도 누님의 소식은 감감하였습니다.

‘대체 누님은 어떻게 지내고 계실까? 이 힘든 세상에서 혼자 몸으로 어디서 어떻게 지내시는지…….’

이렇게 생각을 하니까 영호는 조금이라도 빨리 누님을 만나 보고 싶었습니다.

누님이 나타나서 자기가 새로 발견한 길을 가는 데 친절한 안내자가 되어 주었으면 얼마나 좋을까 하고 생각에 잠겨 있다 힘없이 연갑이의 집으로 돌아왔습니다.

영호는 그 이튿날도 전람회장에 가서 일반 관람자와 같이 그림 앞에 서 있었습니다.

그림 앞에는 여전히 사람들이 빽빽이 둘러섰습니다. 그리고 그들은 그 그림을 그린 소년이 뒤에 서 있는 것도 모르고 그 소년 화가의 성공을 칭찬했습니다.

그러나 영호는 성공보다 누님을 만났으면 얼마나 기쁠까 하는 생각만 했습니다.

‘누님은 왜 아니 오실까? 이 그림은 누님을 불러 올 만한 힘을 갖지 못하였을까?’

하고 영호는 울 듯이 고개를 수그리고 밖으로 나갔습니다.

바로 이 때, 제2부에서 제3부로 들어오는 한 여자가 있었습니다. 그 여자는 손에 들고 있는 분홍빛 프로그램을 보고 나서는 ‘누님의 얼굴’이란 그림이 붙어 있는 곳으로 뛰어왔습니다.

그리고 그 그림을 한참 보고 있더니 마침내는 눈물을 주루룩 흘렸습니다.

이 때 우는 여자의 어깨에 살며시 손을 얹어 놓는 소년이 있었습니다.

여러 사람의 눈은 일제히 그림을 떠나서 여자와 소년에게로 모였습니다.

"아, 누님!"

"오, 영호야!"

한동안 두 남매는 서로 붙잡고 울기만 하였습니다. 오랜 동안 그립던 정이 일시에 폭발하여 어찌할 줄을 몰랐습니다.

영호는 누님을 모시고 연갑이의 집으로 돌아왔습니다. 그리고 4년간 서로 헤어져 있는 동안에 겪은 것들을 서로 나누었습니다.

영호의 어머니께서 돌아가시자 영호는 집 떠난 지 5년이 넘은 아버지가 간도에 계시다는 소문을 듣고 간도로 찾아갔습니다.

그리고 누님은 어느 아는 집으로 가 있게 되었습니다.

한번 집을 떠난 영호는 아버지의 행방을 여기저기 찾았으나 이내 찾지 못하고 몇 달 동안 고생만 하다가 그 곳 동포의 도움으로 우리 나라로 나왔습니다. 그래서 누님과도 헤어지게 되었고 영영 누님을 만나지 못하였습니다.

그 때에 영호 누님은 주인집을 따라 평양으로 가 버린 뒤였습니다.

영호는 먹고 잘 곳이 없어 한동안은 거리를 방황하다가 어느 소년회 회원인 연갑이의 도움으로 그 집에 같이 있게 되었습니다.

그러는 동안 영호는 굳게 결심하고 인쇄소 직공으로 들어갔습니다.

영호는 그림에 취미가 있었으므로 틈틈이 그림을 그렸습니다. 그리하여 나중에는 '누님의 얼굴'이라는 걸작품이 미술 전람회에서 입선하게 되었으며, 그 그림으로 누님을 찾게 되었습니다.

"영호야! 나는 지금 섬유 공장에 다닌다. 우리 힘과 마음을 합하여 새로운 길을 걸어가자! 이제 나는 너를 꼭 붙들고 놓지 않을 거야."

"누님, 나는 인쇄소에 다니고 있어요. 내 힘과 내 땀을 믿고 우리 남매는 앞날을 위하여 열심히 살아요. 그리고 누님! 이제는 서로 의지하고 지내요."

이렇게 말하고 남매는 서로 얼싸안고 울기도 하고, 웃기도 하면서 그 밤을 새웠습니다.

그 이튿날 신문에는 소년 회원 김영호 군이 그림을 그린 이유와 4년 전에 잃어버린 누님을 만났다는 애달픈 이야기가 실렸습니다.

생명수

진 장 섭

• 《어린이》에 동요 《천사의 노래》 발표.
• 작품으로는 《성군》외 다수.

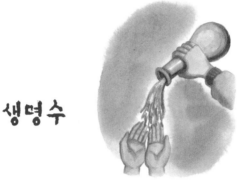

생명수

서울역에서 기차를 타고 서북으로 백육십 리를 가면 개성이란 곳이 있습니다. 개성은 지금부터 오백여 년 전, 우리 나라가 고려라고 불리던 때의 서울입니다.

그 개성 읍내 동쪽 변두리에 부남이와 정희라는 두 남매가 어머니만을 모시고 사는 조그마한 집이 있었습니다. 부남이의 아버지는 여동생 정희가 세상에 나온 지 일 년이 못 되어 회충 때문에 가엾게도 세상을 떠나셨습니다.

부남이네는 가까운 친척도 없이 외로운 집안이었습니다. 그런데

다가 본래 집이 가난하여 더욱 어렵게 지냈습니다.

그래도 부남이 어머니는 어떻게 해서든지 이 두 아이에게 공부를 시켜야겠다는 생각으로, 바느질도 하고 남의 빨래도 맡아 해 주는 등 별별 고생을 하면서 돈을 벌어, 이 남매를 학교에 보내었습니다. 이 남매도 어머니가 고생하시는 것을 생각하면서, 학교에서 집으로 돌아오면 어머니를 도와 집안일을 보살피기도 하고, 하나밖에 안 남은 아주 조그마한 채소밭에 채소를 심고 가꾸기도 하였습니다.

부남이와 정희는 어머니의 따뜻한 사랑에 폭 안기어 평화로운 마음으로 학교에 다녔습니다. 부남이는 중학교 2학년, 정희는 초등 학교 5학년인데, 둘 다 우등생이었습니다.

그런데 부남이 남매에게 큰 근심이 생겼습니다. 복사꽃이 피기 시작하려는 삼월 보름께였습니다. 부남이 어머니가 갑자기 병이 들어 누우시게 된 것이었습니다.

처음에는 대단치 않은 거라고 생각을 했는데 웬일인지 병세는 점점 심해져 마침내 두 남매는 학교를 쉬고 어머니 병간호를 하게 되었습니다.

저축한 돈도 없어 부남이는 매일 아침 일찍 일어나서, 어머니를 정희에게 맡기고, 채소밭에 가서 호배추와 아욱 같은 채소 등을 따서 장에 나가 팔았습니다. 그것으로 약도 사고 또 어머니가 좋아하시는 과일도 사 가지고 종종걸음으로 집으로 돌아왔습니다.

"어머니, 인제 돌아왔습니다. 지금은 좀 어떠십니까?"

이렇게 묻는 부남이의 목소리를 들으면, 어머니는 반가운 듯이 눈을 뜨시면서,

"응, 부남이냐. 오죽 고생이 되겠니? 오늘은 좀 나은 것 같다."

하고 기운 없는 목소리로 이렇게 대답하시곤 했습니다.

"그럼, 이것을 잡숴 보세요. 퍽 맛있어 보여요."

부남이는 신문지 속에서 시뻘건 사과 두 개를 내놓았습니다.

"그 사과 참 맛있어 보이는구나. 너희들도 좀 먹어라."

"아니에요. 저희들은 지금 먹었어요. 어서 어머니나 드세요. 저희들은 나가서 저녁밥이나 먹을게요."

이렇게 말하고 두 남매는 마루로 나왔습니다.

"정희야, 남들은 꽃구경도 다니고 여기저기 놀러 다니는데, 온종일 컴컴한 방 속에서 얼마나 갑갑하니?"

"아니에요. 나는 아무렇지도 않지만 밖에서 고생하시는 오빠야말로 얼마나 고생이에요? 장에서 채소를 팔고 있는 것을 학교 동무들이 보면 얼마나 부끄러울까 하는 생각을 하니, 나는 정말 오빠가 가엾어서 못 견디겠어요."

"뭘, 나는 남자니까 괜찮아. 그런 걱정은 말아라. 인제 어머니 병만 나으면 우리 점심 싸서 채하동(개성서 경치 좋기로 유명한

곳)으로 꽃구경 가자, 응?"

"그렇지만 오빠, 온종일 엄마 머리맡에 앉아 있으면 꽃구경 같은 생각은 꿈에도 안 나요. 웬일인지 자꾸 쓸쓸하고 슬픈 생각만 나요."

"정희야, 우리가 이렇게 정성을 들이는데, 어머니 병도 금방 나을 거야. 자, 얼른 밥 먹고 어머니 다리 주물러 드리자."

두 남매는 반찬도 없는 저녁을 먹고, 어머니의 팔과 다리를 정성스럽게 주물렀습니다.

그러나 어머니는 나으시기는커녕, 점점 더 심해지셨습니다. 부남이도 이제는 어찌할 줄을 몰라, 마지막 정성으로 밤마다 만월대란 높은 곳에 가서 신령님께 기도를 올렸습니다. 오늘은 기도를 올린 지 21일이 되는 날이었습니다.

부남이는 오늘도 아침 일찍 일어나서 찬물로 몸을 깨끗하게 씻고, 채소 바구니를 메고 장으로 나갔습니다.

"호배추나 아욱 사세요."

서투르고 처량한 부남이의 목소리를 들을 때마다 장에 나온 사람들은 귀여운 배추 장수가 왔다며 모두들 사 갔습니다. 부남이는 어느 틈에 배추와 아욱을 다 팔고 바쁜 맘으로 어머니가 좋아하시는 생선과 과일을 사서 돌아왔습니다.

오빠가 돌아오는 기색을 알고 마주 뛰어나온 정희의 얼굴은 새

파랗게 질려 있었습니다. 그리고 오빠의 얼굴을 보더니 참고 있었던 눈물이 방울방울 떨어졌습니다.

"정희야, 왜 그래? 어머니가 많이 아프셔?"

"지금 의사 선생님이 다녀갔는데, 오늘 밤 넘기기가 어렵다고……."

"뭐, 뭐라고?"

부남이도 이 말을 듣고, 가슴이 덜컥 주저앉았습니다. 그러나 지금 이렇게 실망을 해서는 안 되겠다는 생각으로 정희를 타일렀습니다.

"정희야, 걱정 말아라. 우리들이 이렇게 정성을 들이는데, 그렇게 쉽게 돌아가실 리 없어."

"그래도 의사 선생님이……. 오빠, 엄마가 돌아가시면 어쩌지……."

"정희야, 그래도 그런 소리를 하는구나. 잘 들어라. 어머니가 우리들을 기르시느라고 얼마나 고생을 하셨니? 우리가 빨리 훌륭한 사람이 되어 어머니를 편안히 모셔야지. 누가 뭐래도 우리 정성으로 꼭 어머니를 나으시게 해야만 한다. 자, 어서 들어가 보자."

이렇게 말하고, 두 남매는 방으로 들어갔습니다. 몹시 여윈 얼굴의 어머니는 두 남매를 보시고는 잠깐 웃음을 보냈으나, 곧 다시

눈을 감으셨습니다. 두 남매가 약을 달이기도 하고 팔 다리를 주무르며 정성을 다하여 간호하고 있는 동안에, 어느덧 밤이 되었습니다. 그리고 그 밤도 어느덧 점점 깊어 갔습니다.

"정희야, 나는 이제 만월대에 올라가서 기도를 하고 오마. 옛날 얘기에도, 정성을 다하여 삼칠일 동안 기도를 올리면 소원 성취를 한다고 했어. 오늘이 바로 삼칠일째 되는 날이니까 오늘까지 정성스럽게 기도를 올리면 어머니 병이 꼭 나으실 거야."

"오빠, 오늘 밤엔 나도 같이 가고 싶어요."

"안 된다, 안 돼. 너는 어머니를 모시고 있어야 하지 않니? 내가 네 몫까지 기도드리고 올게."

"그럼, 잠깐만 기다려 주세요."

이렇게 말하고, 정희는 곧 일어나서 옆방으로 들어갔습니다.

조금 후 정희의 손에는 우툴두툴하게 잘린 긴 머리털이 한 움큼 꼭 쥐어 있었습니다.

"오빠, 이건 내 머리예요. 이것을 내 정성의 표적으로 신령님에게 바치고, 내 대신 빌어 주세요."

여태까지 치렁치렁하게 땋았던 아름다운 정희의 뒷머리가 바짝 잘려져 있었습니다.

"아니, 너 왜 이런 짓을 했어?"

부남이는 너무나 놀랐습니다.

"오빠, 이것이 내 정성의 표적이에요."

"그래, 그럼 아무 말도 않겠다. 모두가 어머니를 위한 효심에서 나온 것이니까……. 이러한 정성을 신령님이 모를 리가 없어. 자, 그럼 다녀올게."

이렇게 말하는 부남이의 눈에 눈물이 핑 돌았습니다. 부남이는 정희가 자른 머리를 흰 종이에 잘 싸서 가슴에 품고 만월대로 향했습니다.

빽빽이 둘러싸인 수풀 새로 별들이 두서넛 비치고 있을 뿐, 사방은 그야말로 죽은 듯이 고요했습니다. 부남이는 돌계단에 꿇어앉아서 정희의 머리를 가만히 올려놓고, 정성을 다하여 어머니 병이 낫기를 빌었습니다. 한참 기도를 드리고 있는데,

"부남아! 부남아!"

하고 부르는 소리가 들렸습니다. 고개를 번쩍 들어 보니까, 옛날 얘기에나 나옴직한 하얀 수염을 하고 흰 옷을 입은 산신령님이 앞에 서 있었습니다.

"내일 아침 여섯 시까지 두문동에 다녀오너라. 그 곳에 가면 우물이 보일 것이다. 그 물은 사람의 생명을 구하는 물이다. 만약 여섯 시가 지나면, 어머니 목숨은 구하기 어렵다."

부남이가 정신을 차렸을 때에는 벌써 흰 옷 입은 신령님은 보이지 않았습니다.

"이게 꿈인가. 아니, 꿈은 아니야. 나는 지금 열심히 기도를 올리고 있었어. 그래, 신령님의 외침이 분명해. 이제 두문동에 가서 그 물만 떠다 드리면 어머니는 나으실 거야."

부남이는 좋아서 이렇게 혼자 중얼거리면서 한걸음에 집으로 돌아와 정희에게 그 이야기를 하고,

"정희야, 신령님이 우리들의 정성을 들어 주셨어. 난 지금 빨리 가서 그 물을 떠 올게. 너는 어머니를 잘 모시고 있어. 응?"

"그렇지만 오빠, 벌써 열두 신데, 두문동까지 어떻게 그 시간에 갔다 와요?"

"빨리 가면 돼. 어서어서."

이렇게 말하고 부남이는 밖으로 뛰어나갔습니다. 오직 별만이 있는 캄캄한 밤길을 부남이는 숨차게 헐떡거리면서 달음질을 쳤습니다. 높은 고개를 넘기도 하고 험한 산길을 건너, 다리 아픈 줄도 모르고 빠른 걸음으로 여러 시간을 걸어갔습니다.

마침내 깜박깜박 등잔불 같은 불빛이 보이기 시작했습니다.

'옳지, 저기다. 저기가 두문동이야. 3년 전에 학교에서 소풍을 왔었지. 지금은 어머니의 목숨을 구할 생명수를 얻게 될 두문동이 저기에 있어.'

이렇게 생각하면서 부남이는 단숨에 그 곳까지 달려갔습니다. 그러나 그 이상한 우물이 어디 있는지 알 수가 없었습니다.

불빛이 보이는 집 문을 두드리면서 부남이는 부르짖었습니다.

"여보세요, 여보세요! 여기에 아픈 사람을 낫게 하는 이상한 우물이 있다는데, 어딥니까?"

한참 있다 한 노인이 나오더니, 웬 소년이냐고 물었습니다.

부남이는 헐떡거리면서 대강 이야기를 하였습니다. 부남이의 이야기를 들은 노인은,

"아, 참말 효성스런 아이로구나. 자, 이리로 나를 따라오너라."

하고 앞장섰습니다.

그 노인을 따라 한참 가니까, 푸르른 수풀로 빽빽이 둘러싸인 가운데 과연 조그만한 우물 하나가 있었습니다.

"예전부터 이 우물물로 여러 사람의 목숨을 구한 일이 있다. 그러나 아무나 다 이 물로 목숨을 구하는 것은 아니야. 나라에 충성하고 부모에게 효도도 하는 사람이 아니면, 그냥 보통 물에 지나지 않는다. 이 물은 오백여 년 전에 이 곳에서 돌아가신 고려 충신 72명의 영혼이 잠긴 물이다. 자, 빨리 어머니에게 떠다 드려라."

이렇게 말하고 노인은 조그마한 병을 주었습니다. 부남이는 고맙다고 말하고 우물 속을 들여다보았습니다. 캄캄한 밤중에 그 물빛만은 금빛으로 번쩍번쩍 빛나고 있었습니다. 부남이는 기쁨을

억누르며 그 물을 퍼서 병에 담았습니다. 일어서서 뒤를 돌아보았을 때에는 그 노인은 벌써 간곳이 없었습니다.

부남이는 병을 꼭 쥐고 집을 향하여 빨리 걸었습니다.

어느덧 주위의 수풀 속에서는 까마귀가 '까악까악' 하고 울기 시작하였습니다.

"아니, 벌써 날이 다 밝은 것 같은데? 늦으면 큰일이다."

이렇게 중얼거리면서 한참 달리는데 건너편 소나무 아래에서 뽀얀 연기가 풀썩풀썩 올라왔습니다.

'저게 뭘까?'

부남이는 이상하게 생각하면서도 우물거릴 수가 없어 그대로 지나가려고 했습니다. 그런데 갑자기 여자의 흐느껴 우는 소리가 들리면서,

"엄마, 정신을 차리세요. 인제 오빠가 곧 돌아와요."
하고 애타게 울부짖는 소리가 들렸습니다. 이것을 들은 부남이 가슴은 두근거렸습니다.

집으로 돌아가야 할 길이 아무리 급하지만, 부남이는 차마 이 가없는 목소리를 듣고 그대로 지나갈 수가 없어서, 울음소리가 들리는 곳으로 뛰어갔습니다.

"여보세요, 어머니가 많이 아프세요?"

이 소리에, 소녀는 깜짝 놀라 부남이를 돌아보면서,

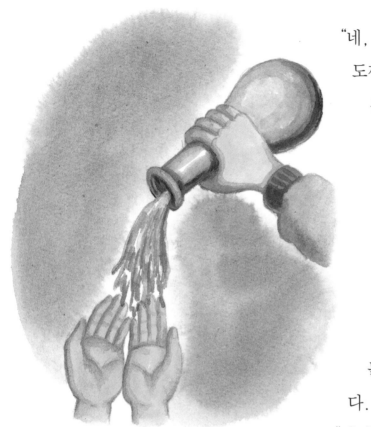

"네, 우리 엄마예요. 송도까지 가는 길인데 어젯밤 더 악화되어 지금은 아주 위급한 상태예요."

부남이는 가엾다는 듯 한참 동안 잠자코 있다가 문득 손에 꼭 쥐고 있던 신기한 물을 생각해 냈습니다.

"염려 마십시오. 여기 좋은 약물이 있습니다. 이것을 드시면 반드시 나으실 것입니다."

이렇게 다정하게 말하면서, 그 귀중한 약물을 그 소녀에게 조금 따라 주었습니다.

"나는 지금 급한 일이 있어서 곧 가야 합니다. 부디 낫기를 바라겠어요."

"고맙습니다. 이 은혜를 어떻게 갚죠?"

"천만에요."

고마워하는 소녀의 말을 뒤에 남기고, 부남이는 다시 헐떡거리면서 뛰기 시작했습니다. 그 때는 벌써 동쪽 하늘이 희끄무레해지기 시작했습니다.

부남이 가슴은 다시 뛰기 시작했습니다.

'지금 몇 시나 되었을까. 어머니는 지금 어떠실까. 정희가 얼마나 기다릴까. 아, 빨리 가지 않으면 큰일난다.'

이렇게 애타는 마음으로 뛰어가고 있는데,

"거기 섰거라,"

하고 우렁찬 목소리가 들렸습니다. 부남이는 가슴이 덜컥하여 그곳을 돌아보았습니다. 거기에는 수염을 덥수룩하게 기른 무섭게 생긴 남자가 서 있었습니다.

부남이는 무서워서 소름이 확 끼쳤습니다.

"나는 이 산 속에 사는 산적이다. 돈을 내놓아라."

부남이는 다시 한 번 가슴이 뜨끔해지며,

"이런 어린아이가 돈을 가졌을 리가 있습니까. 저는 빨리 집으로 가야 해요. 곧 가게 해 주세요."

하고 애원했습니다.

"가진 것이 없으면 어쩔 수 없지만 그렇게 손쉽게 놓아 주지는 않을 것이다. 요새 심부름꾼이 없어 곤란하던 중이었는데, 마침

잘 되었다. 오늘부터 내 심부름을 해라."

"안 돼요. 지금 어머니가 아프시단 말예요. 내가 빨리 가지 않으면 돌아가시고 말 거예요. 빨리 가야 해요."

"잔말 마라. 너희 어머니 병이 나와 무슨 상관이 있어. 자, 어서 나를 따라와!"

산적은 이렇게 말하면서 불쌍한 부남이를 끌고 산으로 올라가려 했습니다.

'아, 어떻게 하면 좋을까. 어머니는……. 아, 신령님, 도와 주십시오.'

부남이는 어쩔 줄을 모르고 가슴을 태우면서 마음 속으로 기도를 올리고 있을 뿐이었습니다.

이 때였습니다. 어떤 젊은 남자가 헐떡거리며 뛰어오더니 곧 산적에게 달려들었습니다. 그리고 순식간에 산적을 쓰러뜨려 손을 묶고는 그 옆에 선 큰 소나무에 동여매었습니다.

그 남자는 산적보다도 훨씬 힘이 세었습니다. 그 남자는 곧 부남이를 향하여,

"착하신 도련님, 정말 고맙습니다."

하고 공손히 말했습니다. 부남이는 웬 영문인지 몰라,

"저는 조금도 감사받을 일이 없는데요. 저야말로 구해 주셔서 고맙습니다."

"아닙니다. 당신은 나의 은인입니다. 지금 저 고개 너머에 앓고 계신 분이 나의 어머니신데, 내가 잠깐 산골짜기로 물을 뜨러 갔다가 돌아와 동생에게 들으니까 당신이 저희 어머니를 구해 주셨다고 하더군요. 감사도 드리고 무사히 잘 가시는지 보려고 이렇게 뛰어왔습니다. 이 곳에는 못된 놈이 많거든요."

그 남자는 아주 다정스럽게 말했습니다.

"정말 고맙습니다. 사실은 저희 어머니도 위독하신데, 산신령님이 나타나 두문동에 있는 우물물을 떠다 드리라고 도움을 주셔서 지금 그것을 얻어 가지고 가는 길이었습니다. 여섯 시까지는 가야 되는데……. 전 빨리 가 봐야겠습니다. 정말 고맙습니다. 안녕히 계십시오."

부남이가 이렇게 인사하고 달아나려고 하니까,

"아니, 여섯 시까지면 지금 한 시간도 안 남았을 텐데, 걸어서는 어렵습니다. 아, 어떻게 하면 좋을까."

하고 그 남자는 조바심을 냈습니다. 그 때였습니다. 두 사람의 이야기를 잠자코 듣고 있던 산적이 갑자기 눈물을 흘리면서 이렇게 말했습니다.

"나는 지금 저 도련님의 이야기를 듣고, 나의 모든 죄를 뉘우치고 있습니다. 나의 어머니께서는 못된 짓을 한다고 늘 근심으로 지내셨습니다. 오늘부터 나도 마음을 고쳐 어머니께 효도를 하

겠습니다. 나의 마음을 바로 잡아 주신 저 도련님에게 무엇인가 드리고 싶습니다. 손목을 좀 풀어 주십시오."

눈물을 흘리면서 이야기하는 것이 정말 마음을 고쳐먹은 것 같았습니다.

"네가 정말 마음을 고친다면 좋은 일이다. 그러나 이 도련님은 지금 몹시 급하다. 네가 드린다는 것이 무엇이냐. 빨리 말해라."

그 남자는 이렇게 말하며 산적을 풀어 주었습니다.

"잠깐만 기다려 주십시오."

하고 산적은 수풀 속으로 들어가더니, 얼마 후 훌륭한 말 한 필을 가지고 나왔습니다.

"이것은 제가 사랑하는 말입니다. 이것으로 저 도련님을 데려다 드리십시오. 집에까지 이십 분도 채 안 걸릴 것입니다."

"아, 참 고마운 일이다. 자, 이제는 됐습니다. 여섯 시까지 넉넉히 갈 수 있습니다. 어서 타십시오. 내가 모셔다 드리겠습니다."

이렇게 말하면서 그 남자는 부남이를 성큼 안아 말 위에 앉혔습니다. 그리고 채찍을 높이 들어 한 번 휘두르자 말은 고개, 산골짜기를 단걸음에 뛰어넘으며 마치 기차나 비행기같이 달렸습니다.

한편 집에서는 정희 혼자 쓸쓸하게 어머니 옆에서 애를 태우고 있었지만 어머니는 눈을 꼭 감으신 채로 조금도 움직이지 않았습니다.

정희는 새하얀 어머니의 얼굴과 벽에 걸린 낡아빠진 시계를 번갈아 쳐다보면서 가슴을 태울 뿐이었습니다.

새벽 4시가 넘어도 어머니는 눈을 뜰 줄도 몰랐습니다. 정희는 견디다 못하여,

"엄마, 엄마."

하고 불러 보았습니다. 어머니는 그제야 조금 눈을 뜨시고,

"오, 정희냐. 부남이는 어디 갔니?"

하고 기운 없는 목소리로 겨우 한 마디 물으셨습니다.

"오빠는 곧 올 거예요. 엄마, 정신을 차리세요."

"응……."

어머니는 다시 눈을 꼭 감으셨습니다.

어느덧 시계는 5시 반을 넘어섰습니다. 정희는 앉지도 서지도 못하고 어쩔 줄을 몰랐습니다. 마침내 여섯 시까지는 단 5분밖에 안 남았습니다.

"아! 어쩌나. 오빠는 왜 안 오실까. 엄마, 엄마!"

마침내 정희는 소리를 내어 울기 시작했습니다.

그 때였습니다. 문 밖에서 이상한 말굽 소리가 나더니 곧 뒤이어,

"덜컹!"

하고 문 여는 소리가 났습니다. 정희는 재빨리 뒤돌아보았습니다.

거기에는 기다리고 기다리던 오빠가 서 있었습니다.

"오빠!"

"정희야, 빨리 이 약물을……."

정희는 약물을 받아들고 곧 어머니에게 뛰어갔습니다.

"엄마, 오빠가 돌아왔어요."

"어머니, 이제야 제가 돌아왔습니다. 어머니 병을 낫게 할 약물을 구해 가지고 왔습니다."

부남이의 목소리를 들으신 어머니는 눈을 번히 뜨셨습니다.

"*오, 부남이가 왔구나.*"

부남이와 정희는 정성을 다하여 그 약물을 어머니에게 드렸습니다.

어머니는 그 약물을 마시고 조금 있다가 아주 눈을 환히 뜨시고는 길게 한숨을 내쉬며,

"너희들의 정성으로 내 병이 아마 나으려나 보다. 지금은 정신이 좀 난다."

하고 기뻐하셨습니다.

그 때 바로 시계가 여섯 시를 알렸습니다.

그 뒤 일 주일이 지난 후부터 부남이와 정희는 다시 예전처럼 학교에 다니게 되었습니다.

그리고 부남이는 중학교를 일등으로 졸업해서, 교비생(학교의 경

비로 공부하는 학생)에 뽑혀 동경에 유학 가 오는 삼월 공과 대학을 졸업하게 되었고, 정희도 좋은 성적으로 학교를 졸업하고 선생님이 되어 늙으신 어머니를 모시고 있으면서, 어서 봄이 되어 오빠가 졸업하고 돌아오기를 손꼽아 기다리고 있다 합니다.

백일홍 이야기
착한 호랑이

 고 한 승

• 개성에서 태어났으며, 방정환 · 마해송 · 윤극영 등과 함께 〈색동회〉를 조직하였고, 《어린이》에 동화 발표.
• 작품으로는 《무궁화》, 《무지개》, 《장구한 밤》, 《4인 남매》 외 다수.

 백일홍 이야기

서늘한 바람이 간간이 불어 오는 초가을의 저녁 무렵이었습니다. 여러 날 동안 조금씩 내리던 비도 딱 멈추었고, 잔뜩 찌푸린 얼굴로 하늘을 덮고 있던 구름도 말끔하게 벗겨져, 파란 하늘에는 화려한 햇볕이 웃음꽃을 피우고 있었습니다.

아침부터 비 때문에 방 안에만 틀어박혀 골무를 만들고 있던 정희는 즐겁고 상쾌한 마음에 벌떡 일어나, 뒤뜰로 나왔습니다.

구름 걷힌 뒤의 저녁 햇살은 한결 화사하게 뒤뜰 가득히 내리비치고 있었습니다.

담 옆에 선 오동나무가 석양에 비쳐 길게 그림자를 뻗치고 있었습니다. 그리고 봄에 정희가 직접 심은 봉선화, 맨드라미, 백일홍들도 그 아름다운 잎사귀를 나풀나풀하고 있었습니다. 잎사귀에 맺힌 빗방울은 저녁 햇살을 받아 번쩍번쩍 빛을 내고 있었습니다. 그 나풀거리는 모양은 마치 마음씨 고운 친구, 정희를 보고 반가워하는 손짓 같았습니다.

정희는 이상하게도 그 중 백일홍에 마음이 끌렸습니다. 그래서 백일홍만 한참 동안 들여다보며,

"저 가운데 금빛 모양은, 꼭 결혼식날 새색시가 쓰는 족두리 같아."

하고 중얼거렸습니다.

"이제 곧 서리가 내리는 늦가을이 닥치면, 다른 꽃은 하나도 안 남고 다 쓰러지고 저 백일홍만 그대로 남아 있겠지……. 족두리를 쓰고 신부옷을 입은 채로 신랑을 그리듯이 말야."

정희는 그 영롱한 백일홍을 들여다보면서 이렇게 계속 중얼거렸습니다.

정희는 더 이상 못 참겠다는 듯이, 곱고 귀여운 손으로 백일홍을 가만히 어루만져 보았습니다. 백일홍의 꽃잎은 차가우면서도 부드러웠습니다.

정희는 백일홍을 사랑하는 마음으로 고개를 숙여 따뜻한 입술을

꽃 위에 살그머니 갖다 대었습니다. 그러자 어디서인지 향긋한 향기가 아무도 몰래 바람에 실려 날아왔습니다. 그 향기에 취해, 정희의 마음은 고요하고 가지런히 정돈되어 갔습니다.

정희가 눈을 스르르 감자, 멀고도 먼 꿈나라로 마음이 펄펄 날아가는 것 같았습니다. 그러더니 어디선지 모르게 애닲은 노래가 가늘게 들려 왔습니다.

나는 나는 백일홍
어여쁜 백일홍
활옷(신부가 입는 옷) 입고 연지 찍고
족두리 쓴 백일홍.

나는 나는 백일홍
가엾은 백일홍
백 일 동안 잔칫상에
기다리던 백일홍.

아름답고 맑은 목소리의 노래가 끝나자, 정희 앞에 갑자기 어여쁜 색시가 나타났습니다.

오색 무늬를 놓은 비단 활옷을 입고, 곱고 토실토실한 얼굴에는 새빨간 연지를 찍은 색시였습니다. 까맣게 물결치는 머리 위에는 산호, 진주, 금은 보석으로 장식한 족두리를 썼습니다.

정희는 화려한 그 색시의 모습에 황홀하여 한참 멍하니 섰다가 겨우 입을 열어,

"*어여쁜 새아씨, 당신은 누구세요?*"

하고 물었습니다.

"나는 당신이 지금 착하고 고운 마음으로 어루만지고 입맞춰 주신 저 백일홍이에요. 나는 당신의 아름다운 마음이 너무나 고마워 그 인사를 하러 온 거예요."

백일홍 새색시는 두 눈에 웃음을 머금었습니다.

정희는 반갑고도 정다운 마음에 백일홍 새색시의 두 손을 덥석 잡으며,

"어머, 당신이 백일홍……. 그런데 당신께서 지금 부르신 그 슬픈 노래는 뭐죠?"

하고 물었습니다.

"그것은 가련하고 애처로운 나의 신세를 노래한 거예요. 아, 나에게는 당신네들이 알지 못하는 슬픈 이야기가 숨어 있답니다."

하고 백일홍 색시는 쓸쓸한 표정을 지었습니다.

"그럼, 당신이 아직 세상에 알리지 않은 그 슬픈 이야기를 나에게 들려 주실 순 없나요?"

정희는 간절하게 부탁했습니다.

"너무나 가련한 이야기예요. 당신께서 꼭 듣고 싶으시다면 이야
기를 해 드리죠."

백일홍 색시는 몸을 단정히 하고, 나직한 소리로 슬픈 자신의 이
야기를 시작했습니다.

벌써 오랜 옛날이었습니다.

어느 바닷가에, 고요하고 깨끗한 마을이 있었습니다.

그 곳에 사는 사람들은 모두 마음이 착하고 부지런했습니다. 그들은 바다 저 편에서 아침 해가 솟아오를 때에 그물과 낚싯대를 둘러메고 고기를 잡으러 나가서는, 저녁 별이 반짝일 때 돌아왔습니다. 그리고 그 날 하루에 잡은 생선을 팔아, 그것으로 평화스럽게 하루하루를 보내는 순박한 사람들이었습니다.

찬란한 태양은 매일 이 어촌을 평화롭게 비춰 주었고, 바위를 치는 파도는 이 시골의 아름다움을 노래하였습니다. 그러나 이 시골에도 단 한 가지, 무서운 걱정거리가 있었습니다.

그것은 이 바닷속에 큰 괴물이 하나 있는데, 전해 오는 말에 의하면 그 괴물은 용이 되려다가 실패한 이무기라고도 하고, 또는 악어의 왕이라고도 했습니다. 괴물은 머리가 아홉 개이고, 몸에는 검고 번쩍이는 큰 비늘이 덮였으며, 두 눈은 번개같이 번쩍이는, 정말로 무섭고 소름끼치는 짐승이었습니다.

그런데 이 시골에서는 일 년에 한 번씩 17, 8살이 되는 처녀 하나를 그 짐승에게 시집 보내야만 했습니다. 그렇지 않으면 일 년 내내 고기 잡으러 가는 배가 한 척도 온전하게 돌아오지 못했습니다.

그 짐승은 거센 파도를 일으켜 고기잡이 나간 배를 뒤집어엎었고, 어부들까지 물 속에 영원히 잠기게 했습니다.

이렇게 심술궂고 무서운 짐승 때문에, 할 수 없이 일 년에 한 번씩 집집마다 돌아가면서 딸을 내놓았고 만약 딸이 없으면 어디서 처녀를 사서라도 그 괴물에게 시집을 보냈습니다.

시집을 보내는 날이면, 바닷가에 큰 장막을 치고 잔칫상을 차려 놓은 후, 활옷 입고 족두리 쓴 처녀를 그 앞에 세워 놓았습니다. 그리고 여러 사람들이 차마 바로 보지 못하고 안타까워하는 사이에 어느덧 짐승의 꼬리가 물 밖으로 나와서 처녀를 안고 물 속으로 들어가 버렸습니다. 그 후에 어찌 되었는지 아무도 아는 사람이 없지만 그 이튿날 아침에는 어김없이 처녀의 해골과 뼈가 바닷물에 떠올랐습니다.

사람들은 슬피 울면서, 그 해골을 건져 장사를 지냈습니다.

어느 해, 이 시골에서 가장 마음이 착한 김 영감 집 차례가 돌아왔습니다. 김 영감에게는 이 시골에서 제일 아름답고 똑똑한 딸이 하나 있었습니다.

단 하나밖에 없는 사랑하는 예쁜 딸을, 그 무서운 짐승에게 시집보내 죽게 하기도 싫었고, 그렇다고 몇천 냥의 돈을 선뜻 내놓아 다른 처녀를 대신 사 올 수도 없는 처지였습니다. 김 영감 부부는 낮과 밤을 눈물로 보내고 있었습니다.

토실토실한 뺨에 긴 머리를 늘이고 부엌에서 일하는 딸을 볼 때마다 더욱 눈물이 앞을 가릴 뿐이었습니다. 날은 점점 가까워 오고, 근심은 더욱더 늘어 갔습니다.

그러나 원래 마음이 곱고, 부모에게 효성이 지극한 그 딸은,

"아버지, 울지 마세요. 제가 짐승에게 시집을 갈게요."

하고 부모들의 마음을 위로하고는, 남몰래 돌아서서 홀로 눈물을 지었습니다.

드디어 무서운 결혼식날이 돌아왔습니다. 바닷가 위에 잔칫상을 차려 놓고, 장막을 쳐 놓았습니다. 모두들,

"아, 그 어여쁜 색시가 마침내 그 몹쓸 짐승한테 죽고 마는구나."

하면서 애처로운 한숨만 내쉬었습니다. 그러나 누가 그 무서운 짐승에게 감히 대적할 사람이 있겠습니까? 쓸데없는 탄식만 할 뿐이었습니다.

아침 해가 동쪽에서 떠오를 때, 슬프게 울리는 북소리를 따라 김 영감의 어여쁜 딸은 활옷 입고, 족두리를 쓰고 잔칫상 앞에 나왔습니다. 그 뒤에는 김 영감 부부가 온통 눈물로 뒤범벅이 된 채 서 있었습니다.

모든 사람들은 이 불쌍한 부모와 어여쁜 처녀를 보고 소리내어 울기 시작했습니다.

딸은 가만히 꿇어앉아 기도를 올렸습니다.

"아, 하느님, 저를 구원해 주실 수 없습니까?"

딸은 고요히 흐느꼈습니다.

이 때 갑자기 멀리서 이상야릇한 음악 소리가 들리면서 환하게 빛이 비쳤습니다. 시골 사람들은 흐느낌을 멈추고 고개를 들었습니다.

"아니, 저게 뭐지?"

"신동이다."

이런 소리들이 그들의 입에서 새어 나왔습니다.

찬란한 금빛 배를 타고 귀공자 한 사람이 긴 칼을 차고는 이 곳을 향하여 서 있었습니다.

금빛 배는 쏜살같이 달려왔습니다. 잘생긴 젊은 무사는 배에서 내리더니,

"무슨 일이 있기에 이렇게들 모여 있습니까?"

하고 물었습니다.

여러 사람들은 이 무서운 이야기를 처음부터 끝까지 일일이 말하고는,

"아주 무서운 짐승입니다. 잘못 덤비면 큰일납니다."

하면서 젊은 무사의 얼굴을 바라보았습니다.

젊은이는 칼을 짚고 한참 묵묵히 무엇을 생각하더니,

"염려 마십시오. 잔칫상에 내가 대신 있겠습니다. 그리고 여러

분의 그 무서운 걱정거리를 영영 없애 드리겠습니다."
하고 처녀에게 공손히 인사한 후, 잔칫상 앞에 섰습니다.

많은 사람들과 처녀는 고마움에 눈물을 흘리면서, 감사를 드렸습니다. 그리고 무사가 꼭 이기기를 빌었습니다. 그러나 한편으로는 너무 젊고 잘생긴 귀공자의 몸이 혹시 어떻게 되지나 않을까 하고 걱정을 했습니다.

잠시 후, 날이 흐리고 물결이 일더니, 짐승의 꼬리가 나타났습니다.

그 거무튀튀한 짐승의 꼬리는, 잔칫상 앞에 서 있는 무사를 처녀로 알고 안고 들어가려 하였습니다. 그러나 힘이 센 무사는 꼼짝도 안 하고 서 있었습니다.

그러자 물 속으로부터 그 괴물의 얼굴이 나타나더니 노기를 띤 여섯 개의 눈알을 데굴데굴 굴리면서 하늘이 무너지는 듯한 맹렬한 소리를 질렀습니다. 그리고 입에서 연기 같은 푸른 독을 내뿜으며 젊은 무사에게로 달려들었습니다.

사람들은 무섭고 끔찍하여 얼굴을 가리고, 서로서로 부둥켜안고 벌벌 떨고만 있었습니다.

희뿌연 푸른 연기 속에서 칼 소리와 짐승 소리만이 한동안 들렸습니다. 그러더니 다시 산이 무너지는 소리가 나며 바닷물 속으로 뭔가 '첨벙!' 하고 떨어지는 소리가 나고는 다시 고요해졌습니다.

연기가 걷힌 후, 사람들은 무서움과 초조한 마음을 가라앉히며
그 곳에 가 보았습니다.

아! 놀라운 일이었습니다.

　젊은 무사의 칼에 그 짐승의 목이 하나 꽂혀 있었고, 거기에서는
먹물 같은 피가 줄줄 흐르고 있었습니다. 젊은 무사도 정신을 잃
고 그 자리에 쓰러져 있었습니다.

시골 사람들의 정성스러운 간호를 받아 겨우 정신을 차린 무사는,

　"이제는 염려 마십시오. 그 몹쓸 괴물은 이제 아무 힘도 없고, 여러분을 괴롭힐 수도 없습니다. 이제 저 바닷속에서 작은 물고기나 잡아먹고 살 테지요. 이제부터는 조금도 걱정하지 마시고 편안히 사십시오."

하고 기쁜 듯이 말하였습니다.

　이 말을 들은 사람들은 기쁨을 참지 못하여 칼에 짐승의 목을 꿰어 들고 '무사 만세!'를 외치며 기뻐했습니다.

　그리고 모든 사람들의 소원대로, 아름다운 처녀와 젊은 무사는 바닷가에서 결혼식을 하기로 했습니다.

　얼마 전까지 슬픔으로 뒤범벅이 되었던 잔칫상은 이제 기쁨으로 가득 찼습니다. 그리고 아까까지 슬피 울던 모든 사람들은 이제 웃음과 기쁨으로 신랑 신부를 축복하게 되었습니다.

　그러나 이 아름다운 남녀에게 다시 불행이 닥쳐 왔습니다.

　이 이름 모르는 무사는 어느 먼 나라 임금님의 아들이었습니다. 그런데 임금님이 보낸 신하가 여기까지 찾아온 것입니다. 신하는 결혼식을 하려는 왕자에게 임금님의 편지를 공손히 드렸습니다.

　왕자는 임금님의 편지를 받아 읽어 보더니, 점점 얼굴이 새파래지면서 슬픈 소리로 처녀를 향해 말했습니다.

"나는 이제 당신과 저 마음 착한 시골 분들과도 작별해야겠습니다. 아버지께서 허락 없이 당신과 결혼하는 걸 아시고 대단히 화가 나셨습니다. 그리고 그뿐 아니라, 우리 나라에는 귀중한 보배가 세 가지 있는데 그 보물들은 언제든지 우리들 세상의 착하고 아름다운 사람들을 위해 쓰여지고 있었습니다. 그런데 그 귀중한 보배를 고약한 마귀 왕이 훔쳐 갔다고 합니다. 아버지는 내가 이제부터 그 마왕을 잡고, 그 세 가지 보배를 찾아오면 나를 용서하시고 당신과의 결혼을 허락하시겠지만, 만약 그렇지 못하면 나는 그 마왕에게 잡혀 죽게 될 것입니다."

하고 한숨을 쉬었습니다.

이 뜻밖의 말을 들은 사람들과 그 처녀는 얼마나 가슴이 아팠겠습니까?

처녀는 그만 왕자의 무릎에 기대어 흐느껴 울었습니다.

왕자는 손으로 처녀의 머리를 어루만지며,

"염려 마시오, 아무리 무서운 마왕이라도 내가 반드시 잡아 없애겠소. 그래서 그 보물을 꼭 찾고야 말겠소. 오늘부터 백 일 동안만 기다려 주시오. 백 일 안으로 나는 꼭 돌아오겠소."

하고 말했습니다.

처녀는 흐느끼는 소리로,

"백 일 동안 나는 족두리 쓰고 활옷 입고 연지 찍은 이 모습으로 여기서 기다리겠어요."

하고 맹세하였습니다.

왕자는 힘찬 목소리로 다시 한 번 다짐했습니다.

"반드시 그렇게 해 주시오. 그리고 돌아올 때에 저 황금 배에다 흰 기를 달고 있으면 내가 승리를 한 것이고, 만약 불행히도 내가 마왕에게 잡혀 죽으면, 내 신하들이 내가 흘린 피처럼 붉은 기를 달고 올 거요. 번쩍이는 저 황금 배에 흰 깃발 날리며 꼭 돌아오겠소."

말을 마치고 왕자는 배에 올랐습니다. 사람들의 작별 인사와 처녀의 흐느낌 소리를 들으면서, 용감한 왕자를 태운 황금 배는 화살같이 사라졌습니다.

꿈같이 만나 꿈같이 작별하게 된 처녀는, 그 날부터 외로운 마음으로, 잔칫상 앞에 앉아 왕자가 돌아오기만 기다렸습니다.

동네 사람들과 부모의 위로도 들은 체 만 체했고 음식도 제때에 먹지 않았습니다. 그저 한없이 넓고 푸른 바다만 바라보면서 왕자가 무사히 돌아오기만을 기도할 뿐이었습니다.

아침에 뜨는 해와 밤에 돋는 별과, 바위 위를 나는 갈매기가 있는 처량한 바다가, 처녀가 보는 단 하나의 세상이었습니다.

처녀의 얼굴은 근심과 쓸쓸함으로 여위어 갔습니다. 편안히 집에 들어와서 쉬라는 부모의 말도 들은 척 만 척하고, 한결같이 바다만 바라보며 눈물의 기도를 올릴 뿐이었습니다.

그리고 마침내 슬픈 날이 하루⋯⋯, 이틀, 백 일이 다 되었습니다.

아! 오늘이 바로 반가운 왕자가 돌아올 날입니다.

아침 해가 동쪽 하늘에서 솟아오를 때, 처녀의 눈은 동쪽 하늘에 고정된 채 움직일 줄 몰랐습니다.

동네 사람들도 모두 새벽부터 바닷가에 나와 서서, 왕자의 황금 배가 오기를 기다렸습니다.

마침내 바다 저 쪽에서 번쩍번쩍 빛나는 배가 나타났습니다.

"아아, 왕자님의 배다! 황금 배다!"

사람들은 일제히 소리를 질렀습니다.

"무슨 기를 달았나 보자."

이번에는 무서움과 근심이 담긴 소리가 뒤따라 나왔습니다.

'왕자님은 성공하고 오시겠지. 저 배에는 흰 기가 달려 있겠지.'

처녀는 설레는 가슴에 두 손을 얹고 이렇게 생각하였습니다.

황금 배를 타고 처녀를 맞으러 오는 왕자님은 과연 그 무서운 마왕을 잡아 없애고, 세 가지 보물을 무사히 찾았습니다. 그리하여 임금님의 허락을 받아 의기양양하게 흰 기를 달고 결혼식을 올리러 돌아오는 길이었습니다.

"어서 가자! 애타게 기다리는 처녀에게 이 기쁜 소식을 알리자."

하고 왕자님은 배를 재촉했습니다.

　그런데 바로 그 때였습니다.

　물 속에서 백 일 전에 왕자로부터 머리 하나를 잃어버린 그 못된 짐승이 불쑥 치솟으면서 배 속으로 뛰어들어왔습니다. 그러나 이 못된 짐승은 전처럼 기운이 세지는 못했습니다.

　그 짐승은 온갖 힘을 다해 왕자가 탄 황금 배의 돛대를 부러뜨리려고 머리로 돛대를 자꾸 쳤습니다. 그러나 마음 착한 왕자님의 돛대가 못된 짐승으로 해서 부러질 리가 있겠습니까?

　이것을 본 왕자님은 허리에 찼던 칼을 빼들고,

　"내가 너를 불쌍히 여겨 죽이지 않고 네 못된 힘만 없애 주려고 머리 하나만 베었는데, 아직도 그 못된 마음을 고치지 않고 나를 해치려고 하니, 더 이상 살려 둘 수가 없구나."

하고 소리를 치며, 짐승의 허리를 칼로 베었습니다.

　두 동강이 난 짐승의 머리는 펄떡펄떡 뛰다가, 그만 돛대 위에 가서 걸렸습니다. 그 머리에서 철철 흐르는 붉은 피는 배 안에 가득 찼고, 돛대에 달린 흰 기도 그 짐승의 피로 새빨갛게 적셔져 그만 붉은 기가 되고 말았습니다.

　왕자님은 어서 가서 처녀를 만나 반가운 이야기를 전하고 싶은 마음에, 배 앞에 단 흰 기가 붉은 기가 된 줄은 생각지도 못하였습니다.

이런 사건이 배 안에서 일어난 줄을 모르고, 시골 사람들과 처녀는 눈을 비벼 가면서 돛대에 단 기의 색깔을 보느라고 야단이었습니다.

배가 점점 가까이 다가왔고, 돛대에서 나부끼는 기의 색깔도 점점 확실해져 갔습니다.

"아, 붉은 기다! 왕자님은 그만 마왕에게 잡혀 죽었나 보다."

백 일 동안 잠도 못 자고, 음식도 안 먹고, 오로지 왕자가 성공하고 돌아오기만을 기다리던 처녀는, 그 붉은 기를 보고 얼마나 기가 막히고 슬펐겠습니까?

"아, 왕자님은……."

하고 말을 채 못 마치고 처녀는 그 자리에 쓰러져 기절을 하고 말았습니다.

아무것도 모르는 왕자님은 배에서 재빨리 내려 처녀에게로 갔습니다. 그러나 애처롭게도 처녀는 활옷 입고, 족두리를 쓴 채 잔칫상 앞에 쓰러져 다시는 살아나지 못했습니다.

왕자님은 흐느껴 울면서, 불쌍한 처녀를 고이고이 장사지내 주었습니다. 그리고 용감한 왕자님은 다시 배에 올라 동쪽 바다를 향해 사라졌습니다.

백일홍 꽃색시의 이야기는 이렇게 슬프게 끝났습니다.

"나는 그 처녀의 죽은 넋인데, 이렇게 꽃이 되어 지금도 활옷 입고, 족두리를 쓴 채 백 일 동안 곱게 피어 있답니다."

말을 마친 백일홍 색시는, 눈물을 닦으면서 고개를 숙이고는 금방 사라져 버렸습니다.

그제야 정희는 두 눈을 번쩍 떴습니다. 정희는 잠시 백일홍 꽃잎에 입술을 댄 채 깜빡 졸았던 것입니다.

마치 눈물을 흘리듯 빗방울을 머금은 백일홍은, 저녁 햇살을 받아 한결 애처롭게 보였습니다.

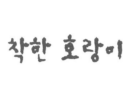 착한 호랑이

새해는 호랑이해입니다.

호랑이에 대한 이야기는 우리 나라에 많이 전해 내려오는데, 이 것은 여러분이 아직 듣지 못한 새로운 이야기입니다.

어느 깊은 산골에 아주 점잖고 풍채 좋은 호랑이가 한 마리 살고 있었습니다.

이 호랑이는 특히 약한 사람이나 가난한 사람들을 도와 주고 어 린이를 귀여워하는 호랑이였습니다.

그런데 어느 해 설달 그믐께였습니다. 몇 밤만 자면 호랑이해인

새해를 맞게 되는 날입니다.

산과 들에는 온통 하얗게 눈이 수북이 쌓였습니다.

눈이 어찌나 많이 쌓였는지, 사람들이나 짐승들 모두 밖에 나돌아 다닐 수도 없을 정도였습니다. 그래서 온종일 토끼 한 마리 구경도 못 한 호랑이는 배가 몹시 고팠습니다.

그 호랑이는 아침부터 눈길을 헤치고 높직한 언덕 위에 앉아서, 혹시 산짐승이 지나가지 않나 하고 눈을 두리번거리고 있었습니다. 그러나 저녁때가 다 되도록 아무것도 만나지 못해서, 풍채 좋은 호랑이 얼굴에는 기운이 하나도 없어 보였습니다.

벌써 해는 지고 날씨는 점점 추워져서, 이제는 어쩌다 나온 짐승들도 모두 제 집으로 찾아들어 갔습니다.

그 때까지 먹이를 얻지 못하여 굶게 된 호랑이는 마음 속으로 큰일났다고 생각하였습니다. 그렇게 생각하니 배가 더욱 고팠습니다.

"어쩔 수 없구나. 마을로 내려가서 강아지나 닭이라도 한 마리 잡아먹어야지."

문득 이렇게 중얼거리던 호랑이는 고개를 절레절레 흔들었습니다.

펄펄 뛰어다니는 노루, 사슴, 여우, 토끼 같은 날랜 짐승을 기운차게 쫓아가서 잡아먹는 것이 풍채 좋은 호랑이의 자랑거리요, 또 특별한 재주였습니다. 그런데 아무리 배가 고프기로서니 사람이 사는 마을에 내려가서 우리 안에 갇힌 집짐승을 잡아먹어서야 되겠습니까?

그렇지만 이제는 더 이상 견디기 어려울 만큼 호랑이는 배가 고팠기 때문에 아무것이나 잡아먹어야 할 판이었습니다. 그래서 호랑이는 밤이 깊기를 기다렸습니다. 마을로 내려가서 돼지라도 한 마리 잡아먹을 속셈이었습니다.

밤이 이슥해지자, 호랑이는 사람들이 볼까 봐 겁을 내면서 어슬렁어슬렁 마을로 내려갔습니다.

눈이 많이 쌓여서 그럴까? 집집마다 일찍 문을 닫고 잠을 자는지 마을은 쥐죽은 듯이 고요하였습니다.

호랑이는 어느 조그마한 집 담을 훌쩍 뛰어넘어 안으로 들어갔습니다. 그러고는 돼지우리가 있는 곳으로 살금살금 걸어갔습니다.

돼지우리 안에서는 아기돼지 한 마리가 드러누워 자고 있었습니다.

'이놈이라도 잡아먹어야겠구나.'

이렇게 생각한 호랑이는 돼지우리 안으로 뛰어들어가려고 하였습니다.

그 때였습니다. 사람들이 모두 자는 줄만 알았는데, 집 안에서 이야기하는 소리가 들렸습니다. 호랑이는,

"이크! 아직 잠을 자지 않는 모양이다."

하고 멈칫거렸습니다.

방 안에서는 나이 40이 넘은 듯한 부인의 말소리가 들려 왔습니다.

"얘야, 이번에는 저 돼지를 잘 길러서 오는 설에는 그것을 팔아 네 설빔을 해 줄 테다. 해 준다, 해 준다 하고는 이 때까지 못 해 주었구나. 전번의 그 큰 돼지를 팔았을 때는 그만 집세가 밀려서 넘어갔고, 그 전번에도 그 어미돼지를 팔아서 쌀을 사 오지 않았니? 이번엔 꼭 네 옷을 한 벌 지어 주마."

"아니에요, 엄마. 나는 괜찮으니, 이번에 저 돼지를 팔면 엄마 옷이나 지어 입으세요. 엄마는 다 해진 옷 한 벌밖에 없지 않아요?"

울음 섞인 목소리로 말하는 사람은 열두 살쯤 된 소녀 같았습니다.

"아니다, 나는 걱정 마라. 너야말로 벌써 삼 년째 설빔을 입어 보지 못했구나! 오죽이나 입고 싶었겠니. 동무들은 설이 되면 모두 새 옷을 입고 노는데, 너 혼자만…… 그런데 웬일인지 돼지가 요새는 잘 먹지도 않고 비칠비칠하는 걸 보니, 아무래도 걱정이 되는구나. 병이라도 났으면 큰일인데……"

"병이 났으면 어쩌지요, 엄마?"

"글쎄 말이다. 잘 먹기라도 해야 할 텐데, 어디 먹일 것이나 변변하냐?"

가난한 두 모녀는 무엇을 생각하는지 다시 방 안이 고요해졌습니다.

이야기를 엿듣고 있던 호랑이는 문득 온몸에 불 같은 *의협심이 솟아올랐습니다.

☞

* 의협심 : 남의 어려운 사정을 돕거나 억울함을 풀어 주기 위하여 자기를 희생하는 마음.

202 ✻ 바위나리와 아기별

"아, 내가 잘못 생각했어. 불쌍한 모녀를 도와 주지는 못할망정,
잡아먹을 생각을 하다니……."
하고 그대로 훌쩍 담을 뛰어넘어 나왔습니다.

마을 골목길을 어슬렁거리던 호랑이는 이번에는 어느 큼직한 집
담을 넘어 들어갔습니다. 닥치는 대로 짐승을 한 마리 물어 내려
고 했습니다.

그런데 이상하지요? 여기도 돼지우리를 들여다보니까, 돼지가
크기는 했지만, 단 한 마리밖에 없었습니다.

이 집에서도 아직 방에 불을 켜 놓고, 어머니와 어린 아들이 마
주 앉아 이야기를 하는 중이었습니다.

"글쎄, 얘야! 그 돼지는 어떻게 하든지 내일 팔아 버려야겠다.
비단 빨래를 널어 놓았는데, 글쎄 그 더러운 발로 그걸 아주 못
쓰게 해 놓았으니, 그놈을 길러서 무엇하니? 전번에는 다 자란
배추밭에 들어가서, 그걸 몽땅 짓밟아서 못 먹게 만들었잖니?"

"그렇지만 엄마, 돼지가 불쌍해요. 내가 매일 쌀겨와 밥찌꺼기
를 주어서 길러 놓았는데, 팔려 가서 죽는다고 생각하니, 정말
불쌍해서 못 견디겠어요. 그러니 제발 팔지 마세요, 네?"
하고 아직 어린 아들이 애원하였습니다.

"쓸데없는 소리 말아라. 내일은 어떤 일이 있어도 팔아 버릴란
다. 그까짓 거 길러서 무얼 하니? 데리고 놀 테냐?"

하고 어머니는 소리를 질렀습니다. 아들은 울먹이는 목소리로 이렇게 말했습니다.

"차라리 돼지가 병이라도 났으면 좋겠다. 아무도 사 가지 않게. 내가 치료해 주고 놀았으면……."

이 말을 들은 호랑이는 다시 참을 수 없는 의협심이 솟았습니다. 동물을 사랑하는 가엾은 소년의 마음!

설빔을 지어 주려는 가난한 어머니와 깨끗하고 사랑스런 어린 소녀의 마음!

의협심이 강한 그 호랑이는 이들을 도와 주고 싶은 마음에 배고픔도 잊어버렸습니다.

호랑이는 화살같이 재빠르게 이 집 돼지를 물어 등에 둘러메고 그 가난한 모녀가 사는 집으로 달려갔습니다. 그러고는 그 크고 튼튼한 돼지를 그 소녀네 집 돼지우리에다 넣은 다음 그 집의 작은 돼지를 업고 뛰어나와서, 다시 소년의 집 돼지우리에 옮겨 놓고 나왔습니다. 두 집 돼지를 서로 맞바꾸어 놓은 것입니다.

이 행동이 어찌나 빨랐던지 돼지가 소리를 지를 사이도 없이 순식간에 이루어졌습니다.

원래 기운 세고 풍채 좋은 이 호랑이는, 좋은 일을 하고 나니 새로운 용기와 힘이 솟았습니다. 마음도 상쾌해졌습니다. 호랑이는,

"아, 산에서 날뛰는 짐승을 잡아먹던 내가 우리 속의 집짐승을

잡아먹으려던 것부터가 잘못이었어."

하고 배고픔을 참으며 다시 산으로 올라갔습니다.

어느 틈에 달이 떠올라서, 눈 덮인 산골짜기가 환했습니다.

호랑이가 깊은 산골짜기를 지나갈 때였습니다. 달빛 아래서 여우 한 마리가 닭을 잡아 뜯어 먹고 있었습니다.

그것을 본 호랑이는 열이 벌컥 올랐습니다.

"요놈! 아무리 배고파도 그렇지, 어디 불쌍한 농부의 집 닭을 훔쳐다 먹느냐?"

하고 날쌔게 뛰어가서, 그 여우를 잡아 그것을 맛있게 먹었습니다.

날이 밝았습니다.

불쌍한 어머니와 사랑스런 딸은 돼지우리를 들여다보고는,

"아니, 이게 웬일이지? 돼지가 하룻밤 사이에 저렇게 커졌네. 이제 저것을 팔면 네 설빔과 내 옷까지 짓게 되겠다."

하고 좋아했습니다.

"정말! 아이, 좋아."

어머니와 딸은 한참 동안 기뻐하다가 눈 위에 난 호랑이 발자국을 보더니,

"엄마, 호랑이가 내려왔었나 봐요. 아마 호랑이가 돼지를 저렇게 크게 자라게 했나 봐! 새해는 호랑이해라더니, 호랑이가 좋

　은 일을 하는군요."

하고 손뼉을 치며 기뻐하였습니다.

　한편, 다른 집의 그 가엾은 소년도 자기 집 돼지우리를 들여다
보고,

　"아니, 돼지가 병이 났나 보다. 하룻밤 사이에 요렇게 작아졌어.
이제는 아무도 사 가지 않게 됐구나. 자, 돼지야, 나하고 같이

놀자. 네 집도 내가 깨끗이 청소해 주고, 먹이도 신경 써서. 너
를 다시 튼튼하게 길러 주마."
하고는 아기돼지를 어루만져 주었습니다.